冷遇されてますが
生活魔法があるから大丈夫です
秋季寸暇
Sunka Syuuki Presents
JN076909
fairy kiss

この作品はフィクションです。
実際の人物・団体・事件などに一切関係ありません。

冷遇されてますが、
生活魔法があるから大丈夫です

fairy kiss

第一章　「君を愛するつもりはない」的な

アメリア・ガーランドの朝は早い。

「はぁ、寒くなってきたな〜。今日もちゃっちゃとやりますか〜」

そんな気の抜けた独白と伸びを一つ。

そして白々と夜が明ける空の彼方を見つめると、紫を分け入るように美しい橙色の光が広がり始めている。

ここ、ストラティオン王国は大陸の三分の二を占める広大な領土を持つ歴史ある国だ。

政治や文化の中心である王都を中心に、各地に広がる農業地帯。そして牧畜、畜産、海に面した地域では海産物などの漁業や海運業、造船業でも賑わっている。南に広がる鉱山は、宝石だけではなく資源や魔石の宝庫として国を富ませていた。

長い歴史の中で凡庸、愚王とバラつきはあれど、今代の王は善政を敷き、平和で豊かな治世を保っている。

とまぁ、そんなことは、アメリアには知る由もないわけで。

大陸の北に位置するこの王都は、秋も中ほどになると朝の冷え込みも一層深まり吐く息も白い。

今日もアメリアは手を擦り合わせながら仕事に取りかかった。

アメリアの朝一番の仕事は洗濯だ。

昨日一日、家で出た洗濯物の山を大きな桶に突っ込んでいく。

「〝身体強化（ストロングボディー）〟」

体を強くする魔法をかけ、離れた場所にある水道まで桶を運ぶ。

この魔法は不思議と身体能力が上がったり怪我をしにくくなったりするので、とても重宝している。この魔法がなければ、洗濯物が大量に入った桶などとてもじゃないが運べない。

「〝熱（ヒート）〟、〝風（ウィンド）〟」

そして、熱魔法で水をぬるま湯にし、洗剤を投入。風魔法を送り込んで湯に渦を作ると、簡易洗濯機の完成だ。

と、ここまではいい。

「さてとっと」

脇に積まれているドレスを見て白いため息を吐（つ）き、腕まくり。

繊細なレースに彩られるドレスは流石（さすが）に洗濯機に突っ込むわけにもいかないので、ここからは手洗いだ。

お察しかもしれないが、アメリアは転生者である。

ガーランド伯爵家は王都より更に北に小さい領地があるものの、伯爵一家は田舎暮らしがお気に召さないらしく、王都のタウンハウスに長年暮らしていた。

アメリア・ガーランド。十九歳。

彼女は、そんなガーランド家の長女として生を受けた。

しかし、生母は十歳の時に亡くなり、時を置かずやって来た後妻と、一歳しか歳の離れていない異母妹に虐げられたあげく、あっという間に下働きへ追いやられたという、何ともお約束な展開らしい。

「らしい」というのも、転生してまだ半年。転生ビギナーであるからだ。

気が付いたらこの状況だったので、周囲の話をかき集めた結果、そうなのかな、という結論に至ったわけである。

現在せっせと洗濯しているドレスも、もちろんアメリアのものであるわけもなく。継母、そして異母妹リリーの着たものだ。派手好きな彼女たちは、昼はお茶会、更には夜な夜な舞踏会にも繰り出すので、毎日のようにドレスが積まれている。

現代日本で社畜だった元の自分ですらてんやわんやなのに、令嬢として生まれ、十歳まで蝶よ花よと育てられた本物のアメリアには、さぞツラい毎日だったことだろう。

もしかして、それで世を儚み、自分がアメリアに転生したのかもしれない。

しかし、そう悲観することはない。

やはりお察しかもしれないが、なんとアメリアは魔法が使えるのだ。

魔術師として活躍するような戦いに向いている魔法ではないけれど、生活魔法とでもいうか、多少体を強くしたり物を温めたりといった細々(こまごま)した魔法を幾つも使うことができた。

日本人だった頃の記憶と合わせれば、先ほどのような簡易洗濯機を作り出したりなど、この生活魔法とやらはめちゃくちゃ便利で、この下働き生活に重宝している。

といっても万能ではない。魔力量がそう多くないためか、洗濯の時に直接水を出そうと「〝水(ウォーター)〟」と桶に向かって言ったら、出るには出たが、桶が満杯になる前に昏倒してしまった。

色々と難しい。そのあたりは試行錯誤の連続だ。

ちなみに、詠唱は適当である。

立ち読みした魔法書によると、魔法とは「イメージ」らしく、発動イメージさえちゃんとできるなら無詠唱でも良い、というか、むしろ魔術師と呼ばれる人々は概(おおむ)ね無詠唱が基本なのだとか。

アメリアはもちろんまだまだその域に達していないので「〝ストロングボディー〟！」などと叫んでいても、ぜひ笑わないであげてほしい。

自分以外のガーランド家の人たちが魔法を使っている気配はないから、使えるのはアメリアだけなのかもしれない。家族にバレると今以上に搾取されそうなので内緒にしている。

「やれやれ、まただわ」

リリーのドレスのあちこちにあらぬ汚れが付いている。

彼女はなかなか夜の遊びがお盛んで、聞きかじったところによると、様々な男性と関係を持っているようなのだ。

この世界、というか貴族制度自体がよく分からないが、貞操観念はどうなっているのだろう。そしてそんないかがわしい汚れを姉に洗わせるって、リリーの羞恥心はどうなって……まぁ、いい。それは置いておいて。

問題なのは、そのリリーの火遊びが、アメリアの所業になっていることだ。

アメリアとリリーは、異母姉妹ながら二人とも父の金髪と緑の瞳を受け継いでいる。

とはいっても、リリーは輝くような黄金の髪にエメラルドのような瞳で社交界では有名な美人であるのに対し、アメリアはくすんだ金髪にボケた緑色の目。

双子でもあるまいし分かりそうなものだが、アメリアがデビューもさせてもらえず社交界に出ていないのを良いことに、リリーは都合の悪いことは全てアメリアに被せ、口八丁手八丁で世間を騙しているのだろう。

こんな境遇であるので挽回のチャンスはもちろんない。

しかし、アメリアにとっては見ず知らずの人たちが何と言っていようが関係ないというか。面と向かって罵られるわけでもなし、直接危害を加えられるわけでもなし。端的に言うと「まぁいいか」で済ましている。

それより日々の生活でいっぱいいっぱいだ。

洗濯を終えたら、屋敷の私室以外の共有部分を掃除して、朝食の準備に取りかかる。それが終わったら、皆が起きる時間まで書類仕事だ。

両親も妹も、夜会や夜遊びのあれそれに忙しく、朝は遅い。助かる面もあるが、深夜に起こされ、ドレスを脱がせろ湯浴みを手伝えと言われるのも億劫で、それなら朝帰りしてもらった方が……とは言えないけれど。

以前は何人も使用人やシェフがいたのだが、家計が困窮するにつれ一人また一人と解雇され、今ではとうとう領地の館に執事一人と数名のメイドを残し、タウンハウスには一人もいなくなってしまった。

給金の要らない使用人よろしく、洗濯、掃除、食事の用意から給仕、果ては、父がやるはずの書類仕事まで何故か領地の執事と二人でアメリアがやっている始末である。

生活魔法があって本当に良かったけれども、それでも体が幾つあっても足りない。

では、父であるガーランド伯爵は何をしているのかというと——端的に言って、遊んでいる。

伯爵家嫡男として幼い頃から跡取り教育を受けてはいたのだろうが、元来の芸術家気質が大人になるにつれムクムクと育ち、両親——アメリアにとっては祖父母——が病気で立て続けに亡くなったのをきっかけに、我が物になった伯爵家の財産を使って、タガが外れたように遊び出した。

領地の仕事は執事に（今はアメリアにも）丸投げし、自分は王都のタウンハウスに住み着くと、以前より出入りしていたサロンで、大して見る目もないくせに若い芸術家に投資し、失敗。その損失を埋めようと良からぬ事業に投資して失敗。賭け事に大金をつぎ込み失敗。

失敗談は数えきれない上に、アメリアの実母が存命の頃から囲っていた愛人——現在の後妻も金遣いが荒く、元々裕福というわけでもなかった伯爵家の財産は、あっという間に底をついたという。

よく住むところが残っているな、とアメリアはため息を漏らした。

昼近く。

もう陽も高くなった頃に家族一人一人を起こし、支度を手伝う。そんなことまでアメリアの仕事だ。

全員が着席したところで、朝の内に作った食事をこっそり魔法で温め直し、給仕し終えてアメリアは部屋の端に控えた。

いつもは気だるげに食事を口に運び、時折アメリアへ文句をブツブツ飛ばしてくる三人だが、継母、妹はともかく、今日は父の様子が違った。

妙にご機嫌な父に、また変な投資話に引っかかっていないだろうな……と怪訝に思いながら、空いた皿を下げ、食後の紅茶を給仕して再び部屋の端に控える。

本来、紅茶なんて用意する金などこの家にはないのだが、一番品質の低い……何なら平民が飲むような茶葉を何とか美味しく飲めるように四苦八苦して提供しているのだ。

とりあえず今のところ低品質であることはバレていない。そんな大層な味覚を持ってはいないのだろうと、心の中で舌を出しておく。

「ライラ、リリー、重大発表がある。喜べ！　なんと、あの辺境伯様が我が家に結婚を申し込んできた！」

父の大きな声がダイニングルームに響いた。珍しく興奮しているらしい。

ちなみに「ライラ」とは継母の名前である。

「あなた、それ本当⁉」

「本当だ！　ほら、ここにデュボア家からの書状が！　紋章も本物だぞ⁉」

「まぁまぁ！　デュボア家といえば最近代替わりして、今の辺境伯は若い美丈夫らしいじゃない⁉　おめでとうリリー！」

「リリーは美しいからな！　どこかで見初められたに違いない。流石我が娘！」

ここ最近で一番、両親が盛り上がっている。

どうやら妹に結婚話が来たようだ。お相手は南に広い領地を持つデュボア家。確か、鉱山があって大層お金持ちと聞く。

まぁ自分には関係ないと、アメリアは部屋の隅で気配を消した。

「素晴らしいわリリー！　良かったわね！」

「嫌よ‼」

「「え⁇」」

先ほどまで気だるげだった妹が声を張り上げてテーブルを叩いた。

思いもよらない拒絶の言葉に、両親は固まり静寂がダイニングルームに広がっていく。

「……えっ、え？　な、何故なのリリー。国有数の大富豪よ？　あなただって贅沢できるし、支度金やら支援金やらでお父様やお母様も楽になるのよ？」

そっちかー。リリーがどうのと言っても、結局継母は自分が贅沢したいだけなのだ。げんなり。

「そ、そうだぞ!? ほら、持参金も要らないと書いてあるし……」

「イ、ヤ、よ!! 辺境なんてしょっちゅうゴタゴタしてて危険だし、辺境伯なんて名ばかりの戦闘狂じゃない! 野蛮な男に決まってるわ! それにそんなド田舎に行ったら私、退屈しちゃう! きっとダンスホールも劇場も素敵なカフェもないのよ!?」

こっちはこっちで、そこか〜。流石リリー、夜遊び大好きマンだな。

「それに私、今、シュヴァリエ家のオスカー様と親しくさせてもらってるの!」

「シュヴァリエ!? あの公爵家の嫡男オスカー様か!?」

「そうよ! 辺境伯なんて嫌。私はもっと上を狙えるの! その内ぜーったい公爵家から婚約の打診が来るもの! 私は未来の公爵夫人よ!?」

息巻く異母妹に両親は顔を見合わせて困り顔だ。

スゴいなリリー。あの手この手でアメリアを騙って遊んでいるくせに、着々と公爵家の跡取りをロックオンしていたとは。

「……しかし、辺境伯の申し入れを我々のような伯爵家が断るわけには……」

「あら! その書状には『ガーランド家の令嬢』と結婚したいって書いてあるわ。私とは書いてない」

「何を言って……」

「もう一人いるじゃない? 『ガーランド家の令嬢』」

そうリリーが言うと、一斉に皆の視線がアメリアに突き刺さった。

「……は？　え？」

「ま、まさかアメリアか⁉」

こちらの動揺はお構いなしに、何を言っているのリリー！　こんな子、外に出せるわけないでしょ⁉」

「それに、この子がいなくなったら家のことは誰が……」

気乗りのしない継母はそう苦言を呈するが、妹はその赤く美しい唇を吊り上げ、にんまりと微笑んだ。


「持参金も要らないのでしょ？　身一つで嫁いでも大丈夫なんて良かったわね、お姉様。こんなことでもなきゃ結婚できないだろうし、私たちに感謝して支度金も要らないわよね？　お母様、そのお金で人を雇えばいいのではなくて？」

「私が公爵夫人になったら、もっと贅沢させて差し上げますわ」というリリーの言葉が決定打となり、本人の意見どころか、本人は一言も発することのないまま、アメリアの辺境伯への輿入れが決まった。

＊＊＊

はてさて。

全く、頭も心も、この状況に追いつけないにもかかわらず、今現在、アメリアは辺境伯領へ行く馬車に揺られている。

窓からこっそり外を窺うと巨大な城壁が見えてきた。

もうすぐ着くようだ。

まぁまぁ北にある王都からこの南の辺境まで、実に道中、長かった。

辺境伯家から遣わされた馬車は立派なものではあるけれど、半月にわたる馬車移動でお尻が痛い。

そして。

街道を進み、巨大な城壁をくぐり、ファンタジーやＲＰＧのような城塞都市を馬車が駆けていく。

これが、これから私が住む街……！

前世でいう世界遺産のような重厚感漂う街並みに感激していると、馬車はスピードを落とし、ある建物の前で止まった。


「デカッ……」

華美ではないが、ガーランド家の百倍はありそうな巨大で堅牢な館――いや、城と呼ぶべき建造物が目の前にそびえ立っている。

どうやら、ここがデュボア辺境伯の居城らしい。

はしたなくも口をあんぐり開けていると、荘厳な門が開き、九十度に深々と頭を下げたお爺さんが待っていた。

「お待ちしておりました。奥様」

「今日からお世話になります。ガーランド伯爵家から参りましたアメリアと申します。よろしくお願いいたします」

記憶はないが、一応十歳までは令嬢としての教育を受けていた……らしいアメリアの体は自然と動き、カーテシーを決める。

それを見たお爺さんは僅かに目を見開いた。何か違っただろうか。ヒヤヒヤ。

「私はこの城で家令をしておりますクレマンと申します。以後お見知りおきを」

「クレマンさんですね。よろしくお願いいたします」

「奥様、私のことはクレマンと。では、お部屋へご案内いたします」

お爺さん、もといクレマンは、ピシャリともの申すと、クルリと背を向け歩き出してしまった。

慌てて追いかけるも、なかなかに足が速い。高齢に見えるが、アメリアよりよほど鍛えているようだ。

セグウェイでも完備した方が良いのでは、と思うほど広い敷地を奥へ奥へと進む。

とんでもなく早足のクレマンに何とか食らいついていくと、林の前にポツンと建つ小屋に辿り着いた。

「こちらが奥様の住む館でございます」

丸太でできた結構な年代物のそれは、館というにはだいぶこぢんまりとしていて、小屋と呼ぶに相応しい様相だ。

小屋の周りを囲むように少し開けた平地があり、それが庭なのだろうか。目と鼻の先には鬱蒼とした森なのか林なのか、生い茂る木々。濃い緑の匂いが満ちている。

「……えっと、私はここに住むのですか？」

「はい」

「何かご不満でも？」と言いたげなクレマンの冷たい視線にアメリアは山ほどある質問を飲み込む。

「……あ、そうですか。えぇと、辺境伯様へのご挨拶はいつになりますでしょうか？」

「挨拶は結構とのことです」

「で、ですが、私は辺境伯様のお顔も存じ上げないので、ご挨拶くらいは……」

「現在、旦那様は最南に蔓延る大規模野盗団の討伐で、城を留守にしております。いつお戻りになるかも分かりません」

「では城の管理などは……」

「私どもが旦那様に一任され誠心誠意務めておりますので、奥様がお気になさることはありません」

「そう、ですか……」

話は終わったとばかりにクレマンが視線を後ろにやると、木の陰から厳つい男性が二人、こちらへやって来て敬礼した。

「奥様、申し訳ありませんが、我が騎士団から監視を常駐させます。ご了承下さい」

「監視、ですか？」

「はい。会うことはなくとも書類上は旦那様の奥方でありますので、他の男を連れ込まれては困りますから」

「え……？」

他の男、と言われ、やっとこの状況を理解した。

なるほど、例の噂はこんなところにまで轟いているらしい。

辺境伯家の婚姻なのにきちんと調べないのだなぁ……。それだけで、ここでのアメリアの存在価値というものが分かった気がする。

何だか弁明するのも馬鹿馬鹿しくて口を噤んだ。

「何かありましたら彼らに言伝を。あ、彼らを誘惑しようとしても無駄ですよ？」

「………」

クレマンの言い様にモヤッとするが、リリーならやりかねない、と思うと何も言えない。

それを諦めと取ったのか、クレマンは分かりやすく口端を上げると去っていった。

「奥様、お荷物は後から届くのですか？　運び込むの手伝います」

遠ざかっていく古老の生真面目に伸びた背筋を虚しく見つめていたら、おずおずと騎士の一人が話しかけてきた。

「いえ、荷物はこれだけなので大丈夫です。ありがとうございます」

手に持っていた小さいボストンバッグを見せると、騎士は僅かに目を見開く。

「騎士様方、お名前は何とおっしゃるのですか？」

「……お教えできない決まりとなっております。それに来る者は毎日変わりますので、覚える必要もないかと」

「……そうですか」

監視といえど毎日顔を合わせるなら仲良くするに越したことはないと思っただけなのだが、相当警戒されているようだ。

まぁ彼らも雇われの身。特に騎士団など「上の命令は絶対！」なのだろうから、無理は言えない。

「それでは」と言って、二人は小屋から少し離れた場所に戻っていった。

「この小屋は何年ものなんだろ……」

自分の住む場所を確認しなければと、いざ小屋へ入ってはみたが、埃（ほこり）とカビ臭さで心が萎（な）える。

このような物語を前世で読んだことがないわけではないけれど、まさか実際に「君を愛するつもりはない」的なことが我が身に起きようとは……流石、異世界転生。

「……ま、別にいいけどね！　〝清掃（クリーン）〟！　〝範囲清掃（エリアクリーン）〟！」

古さはどうにもならないが、これで汚れは何とかなるだろう。あとは気分的に大まかなところを拭き掃除しておけば大丈夫。生活魔法万歳！

魔力量が足りないのか、ガーランド家の屋敷はこの魔法では掃除できなかったけれど、この小屋なら大丈夫そうだ。小さくて良かったかもしれない。

ガタガタしている窓を開け、空気を入れかえる。

見渡すと十畳ほどの一間で、備え付けのベッドと書き物机。両方ちょっと朽ちているし、布団もない。どうしよう。

奥を見ると、台所なのか小さいコンロのようなものがあり、その隣の扉を開けてみると、トイレと、バスタブがドデンと置いてあるだけのお風呂だった。

クリーンクリーンと叫んでいると、魔力がなくなってきたのか少しクラクラする。今日はもうやめておこう。

要修繕ではあるが、一通りのものは揃（そろ）っていて生活できそうだ。

クラクラしたまま何もないベッドに横たわる。

「〝物質強化（ストロングマテリアル）〟〜」

ない魔力を振り絞って、朽ちているベッドに強化魔法をかける。このままでは寝ている内に板が抜けそうだ。

ストロングは違う気もするが、なんちゃって詠唱なので許してほしい。

強化の魔法は一晩で切れてしまうだろうし、早く修繕しなければ。

布団がないので持ってきた洋服（といっても三着しかないけれど）を被って寝る。

南の辺境ということもあって、デュボア領は常春であるらしく暖かい。数日なら何とかなるだろう。

ダルさと眠気に抗えず、アメリアは重たい瞼（まぶた）を閉じた。

＊＊＊

「奥様、おはようございます！」

「おはよう。ミア」

あれから二年。

相変わらずアメリアはデュボア城の端にある丸太小屋に住んでいる。

隣の林から木を切る許可を得たので、それを使って少しずつ小屋や家具の修繕を行い、今ではなかなか住み心地の良い我が家となった。

〝身体強化〟で切り出した木を運んだり屋根に登ったりしていたら、監視の騎士たちが目を丸くしていたのは、今となってはいい思い出だ。

騎士たちも相変わらず名前を教えることはもちろん、無駄話もしないけれど、挨拶はしてくれるようになった。

〝身体強化〟を駆使してロッククライミングのように壁をよじ登っていたアメリアを見かねて、とある騎士が梯子(はしご)を作ってくれたり、とある騎士は小屋を囲む柵を作ってくれたりと、実は優しい人ばかりなのだと今なら分かる。

お礼に手作りお菓子など差し入れてみたが、やはり規則とのことで受け取ってもらえなかった。残念。確かに「悪女」の手作り菓子など気持ち悪いだけか。反省。

「今日の野菜、ここに置いておきますね」

「毎日ありがとね～」

ミアは、一応アメリアの側仕えとして派遣された八歳の女の子だ。

アメリアがここに来た翌朝、室内にも庭にも水道が見当たらず、やっと見つけた裏庭の井戸と格闘していたのを助けてくれて以来、色々と力になってくれている。

井戸事件の直後、アメリアには食事もないという事態に、ミアは自分の食事をアメリアに譲ろうとした。

「使用人のみんなは悪い人たちじゃないんです……。ただ、奥様の噂話を信じていて……」

「申し訳ありません」と、短い赤毛をピョンピョンさせ頭を下げるミアがあまりに可愛らしく、こちらが申し訳なくなる。ミアが信じてくれただけでもラッキーかもしれない。

今思えば、騎士たちやクレマンなど、デュボア領の人々は皆、真面目で朴訥で真っ直ぐな領民性なのだろう。

辺境という土地柄、闘魂逞しいのは騎士だけでなく、その気概は領民たちにも備わっているはずだ。

そんな一致団結して平和に暮らしている中、敬愛する辺境伯に王都から稀代の悪女が嫁いでくるとなれば、誰だって追い出したくなるもの。仕方ない。

ミアのような子どもにもきちんと食事が与えられ、しかも他の使用人を庇っている様子からも、彼女が不当な扱いを受けてはいないことが分かる。

むしろ「奥様に虐められてないか？」と心配してくれるらしく、使用人たちがミアの言う「悪い人たちじゃない」のは確かなようだ。

にしても、八歳の育ち盛りの食べ物を奪うのは、流石に心苦しい。

アメリアが厨房に出向いて言うのも余計な火種になるだろうし、クレマンの言うように騎士を通して伝えてもらうか——いや、それで変な食べ物が来ても困る。毒、は流石にないとしても、傷んだものを寄越す可能性は十分にある。毎日の食事をヒヤヒヤしていただくのも何だかなぁな話だ。

考えた末。

「ミアが野良犬を拾ったので、こっそり餌をあげたい、という体で、クズ野菜とか余っている食べ物を貰ってくるのはどうだろう⁉」と提案してみた。コンロに清掃魔法をかけてみたら使えたし、大丈夫だろう。

ミアは、アメリアに料理をさせるのも余り物を食べさせるのも、かなり渋ったが、何とか説得した。

そうして、人のいい使用人たちは、犬を憐れんでか、捨ててしまう野菜の切れ端やミルクなどをくれるようになったのだ。

「今日はウインナーやお肉の切れ端もありますよ！」

「やった〜！　本当は犬にウインナーは良くないのだけど、知らなかったのね。ま、そのまま訂正せずにいただきましょ！」

本来、野菜は捨てるところなどない。皮も芯も炒め物にしたり、スープにしたり。全て美味しくいただいている。

しかもデュボア領の野菜やミルク、更には卵など、全て新鮮でとても美味しい。大地の恵み万歳！

「デュボア領は広いから畑も牧場も多いですし、たくさん作物や牛乳やお肉や色々とれますよ。街道も整備されてるから流通も盛んですし、何より辺境伯様と騎士様が国境で頑張ってくれているので、こうして平和に暮らせています」

「ご立派なのね」

「はい！」

ミアの顔がキラキラしている。子どもが幸せそうなのは、真っ当な領地運営がされているということだろう。

ミアは孤児なのだそうだ。

南の隣国とはそう仲は悪くなく何十年も戦争はないと聞くが、両国間の森に大規模な野盗団が住み着き、ここ数年はその討伐に明け暮れているという。

ミアの故郷は国境付近の小さい村だったそうだ。

三年前のある日、突然野盗に襲われ、村は壊滅。小さいミアだけが木の下にある空洞に身を隠し生き残ったそうだ。

「国境近くでは珍しいことではないです。親がいない子はちゃんと教会が引き取って、一人立ちするまで面倒を見てくれます。私はたまたま辺境伯様が見つけてくれたので、お屋敷で下働きをしながら教会の学校に通わせてもらってるんです」

「お給金も貰えるしラッキーでした」と笑うミアにアメリアは眉を下げる。

経済はもちろん、福祉にも教育にも尽力しているのはミアを見ていて分かる。

会ったことはないが、こんな話を聞くと辺境伯を嫌いにはなれない。むしろ尊敬しかない。

『カ――カ――』

「あらー、カラスちゃん、いらっしゃい」

庭には隣の林から様々な生き物が訪れる。

ウサギやリスなど小動物が多いが、今日は黒々した立派なカラスが庭に鎮座していた。

カラスは雑食だろうとパンクズやクズ野菜など、その時ある食べ物を与えていたら気に入ったらしく、何度となくこの庭に来るようになったのだ。

さっき焼いたパンをちぎって与えると、嬉しそうに啄んでいる。そっと撫でてみても逃げる気はないようだ。

「可愛い～」

「奥様、バイオレット嬢がいらっしゃいました」

「！」

振り向くと騎士が立っていた。

全然気付かなかった……は、恥ずかしい。赤ちゃん言葉とか使っていなくて良かった。

「こんにちは。カラスが可愛いとか、奥様、変わってますね。知ってましたけど」

騎士の大きな体の陰から顔を出したのは、その名の通り紫の髪の毛を生真面目に七三で分け、長い後ろ髪をキッチリ編み込んだ、少しキツめの美人さんだ。

細いフレームの眼鏡を指の腹で上げる様は知的美人そのもので、裏でこっそり騎士たちが「女史」と呼んでいるのも頷ける。

「バイオレットさん！　ごめんなさい、今テーブルセット出しますね」

「いいえ、私が早く来すぎたのでゆっくりどうぞ。朝食まだですか？　惣菜買ってきたんで、打ち合わせがてら一緒に食べませんか？」

「わ〜！　ぜひ！」

バイオレットは、王国全土に支局を持つ出版社の編集者だ。

前世でも趣味で文章を書いたりしていたので、ガーランド家でこき使われていた時に現実逃避でつらつら小説を書いていた。それをたまたまバイオレットが読んでくれたのが事の始まり。

よくある、食堂で働く平民の女性と騎士の恋愛ものだけれど、働く女性のあるあるというか、お仕事小説の形も有しているので、こっちの世界では珍しいらしい。

中世ヨーロッパ然としたこの世界で、働く女性の小説はどうだろうという懸念もあったが、店頭で働く女性も結構見たし、何よりバイオレットだって働いている。平民なら仕事を持つ女性は珍しくないと後から聞いた。

転生してから食堂に行く機会もほぼなくなってしまったので、街に出た時にこっそり見聞きしたものや前世の記憶を捻(ひね)り出して盛り込んでみた。「あるある」は万国共通、いや、異世界も共通なのだな。

なんやかんや、それが形になって出版され、少額でもお金を稼げるくらいになっているのだから、縁とは不思議なものだ。流石に本名では出せないのでペンネームだけれど。

ちなみにペンネームは「キサラギ」だ。初めて出版した月がたまたま二月だったのと、前世の苗字が「如月」だったので適当につけた。特に意味はない。

「いや……道端の縁石に腰かけて何か書いてるんですもん。気になりますよ、そりゃ」

「あの時はお使いで王都の中心に出てて、帰りの辻馬車を待ってたんですよ。カフェに入るお金なんてないし。慢性的に時間なかったから、空いた時間はいつも妄想してましたね～。現実逃避で」

あはは、と思い出話に花を咲かせながら、テーブルセット（もちろん自作）を組み立てる。

テーブルクロスを敷き、バイオレットが持ってきてくれたキッシュやサラダ、アメリアが焼いたパン、クズ野菜のスープなどを並べれば立派なブランチの完成だ。

本当なら、クレマンの言う「他の男を連れ込まれては～」云々のこともあり、ここに他人を招いてはいけないのだろう。しかしバイオレットは女性だし、何より大手出版社の身元のしっかりした社員ということもあって、特例で認めてくれたようだ。

もちろん室内で密談はダメ。騎士立ち会いのもと、外でなら、ということで、いつもこのガーデンパーティーのような様相になっている。

素敵だから全然いい。むしろ、いい。

「奥様。バイオレット嬢の荷物、大丈夫でした」

「はーい、ありがとうございます。ここに置いて下さい」

騎士が四角い木箱を足元にドサリと置いた。

物のやり取りも自由にはできず、騎士が検分する決まりだそうで。別にやましいところはないのでアメリアとしては全く構わないけれど。

中身は小麦粉や調味料など、ミアが調達できない生活必需品だ。ここに来た当初は何もなかったので、布団や鍋、タオルやら普段着などもバイオレットに調達してもらった。

「ふんふん、漏れはなさそうです」

「よろしいですか？　では、代金はいつものように原稿料から引いておきます」

「よろしくお願いします」

小銭を稼いではいたが、微々たるお金でもガーランドの家族にバレたら搾り取られそうだと相談したら、バイオレットが出版社で預かると提案してくれたのだ。

更に、アメリアがデュボア家へ嫁いで二か月後、なんとバイオレットはデュボア領まで追いかけてきてくれた。

今では外に出られないアメリアの代わりに、こうして物資を届けてくれている。本当にバイオレット様々で、足を向けて眠れない。

「せっかく王都の本社にお勤めだったのに、よくデュボアまで来ましたねぇ。なんかすいません」

「いいえ、お気になさらず。担当編集者なんだから当たり前のことです。デュボア領は大きいし、支局としては最大なので王都とそんなに変わりませんよ。それより奥様の原稿を受け取れなくなる方が問題です」

そう言ってもらえると書きがいがあるというもの。

今日の分の原稿も騎士に渡してあるので、帰りに受け取ってもらおう。

こちらからの荷物や手紙も勝手に渡せないため、騎士の検分が入るのだが、なにぶん自分で書いた小説なので男性に読まれるのは少し、いや、かなり恥ずかしい。

「ガーランドにいた頃より執筆量を増やしていただけて、こちらとしては助かります」

「まぁ……それは……」

ガーランド家にいた頃はあまりに時間がなく、寝る時間を惜しんで書いていたけれど、このデュボア家は……。

はっきり言って、最高だ！

公式に、家の仕事や、ぶっちゃけ閨事(ねやごと)もしなくていいと言われているわけで。

「公式に」。ここ重要。

いつ寝て、いつ起きても、誰にも文句を言われない、迷惑をかけない。

確かに食事がないのには驚いたが、結果何とかなっているわけで。自分の好きなものを作って、自分の好きな時間に食べている。

晴れた日は庭にテーブルセットを出して、自作のお茶を飲みながら、まったり執筆したり。雨の日は、しとしと降る雨の音に耳を傾けつつ、構想を練ったり、のんびり執筆したり。

朝と夕方はミアが来てくれて、たまにこうしてバイオレットが差し入れてくれる美味しいものを食べながら談笑する。

あぁ……あぁ……端的に言って、最高‼

夢にまで見たスローライフだ。

ありがとう、辺境伯様！　公式に色々免除してくれて助かります！

辺境伯家に跡取りがいなくていいのかなぁ、とも思うが、アメリアの知ったことではないし、余計なお世話だろう。

お礼を言いたいけれど、まぁ会うこともないので、心の中で祈っておくことにする。

ありがとう、ありがとう、辺境伯様！　体に気を付けて、お仕事頑張って下さい！


その時。

やっと城へと帰還の途を辿る馬上で、レアンドル・デュボアは、謎の寒気に襲われたとかいないとか。

第二章　それ、もう好きじゃん

「はぁ……またか」

レアンドル・デュボアは、居城の執務室に居座る家令にため息を吐いた。

伏せられた濃い睫毛(まつげ)が黒曜石のような黒い瞳に影を落とす。

艶めく黒髪は襟足で整えられ、はらりと下ろされている前髪が形の良い額にかかり、物憂げに揺れた。

滅多に社交界に出ないため、その姿を知る者は少ないが、一部知る者たちからは「黒の国境の番人」とか「漆黒の麗人」とかいう恥ずかしい二つ名で呼ばれているのを本人だけが知らない。

そんな麗しの尊顔も、長年デュボア家に仕える家令には何も響かず。

仏頂面で目の前に立つ古老は、つい二年前まで父のもとで剣を振るっていた武人だ。

王都の学園で学び、卒業後は王宮の騎士団で鍛えていたレアンドルに、両親の訃報が届いたのが二年前。

突然の訃報にどこの誰が攻め込んできたのかと慌てたが、蓋を開けてみると、視察先で馬車が崖から転落したという最期。つまり、事故死だった。

そして。

呆気なく両親を亡くしたレアンドルを待っていたのは、僅か二十歳での辺境伯継承という重圧。

隣国との関係は悪くないとはいえ、南の護りである父が急死したことで、いつ均衡が崩れるか分からない。

その上、レアンドルを悩ませたのは国境付近に蔓延る野盗団の存在だ。

法で縛ることも、話し合いをすることも叶わない輩どもは、今も小さい集落から襲っていっている。

重圧と緊張と、延々と続く戦いで消耗する日々。

てっきりクレマンが副官として支えてくれるものと思っていたら、彼は父亡き後、すっぱり剣をやめ、家令としてレアンドルに仕えると申し出てきた。

幼いレアンドルに剣を教えたのは父とクレマン。

辺境伯となっても尚、クレマンに頭が上がらないレアンドルを見たら、下の者たちはどう思うか。

騎士団に己が残ると、レアンドルの派閥とクレマンを推す派閥で団が二分する――そんな事態を防ぐために、クレマンは剣を置くことを選んだのだと、今なら分かる。

指揮系統の乱れは騎士団の壊滅、ひいては団員たちの死に繋がるのだ。

野盗団との攻防は未だ終わりは見えないが、小康状態となった隙に一度、城へ戻ると、すっかり家令の顔となったクレマンの小言が待っていた。

「坊っちゃん、何歳になりました？　そろそろ結婚相手を見つけて、跡継ぎを作ってもらわないと困ります」

「坊っちゃんはやめろ。……二十二だ」

「二十歳で辺境伯となって、もう二年ですよ。流石に慣れましたよね？　そろそろどうですか、結婚」

「……」

　そうは言うが、正直忙しいのだ。

　小康状態といっても野盗どもはまだまだのさばっているし、隣国との国境にも目を光らせなければならない。たまに同級生である王太子に呼び出され王都へ行くこともあれば、領地の運営だってクレマンに任せきりというわけにもいかない。

　正直、嫁選びなんて二の次、三の次だ。

「辺境伯というのは常に危険と隣り合わせだと身に染みて分かっておられるとは思いますが、いくら旦那様がお強くても、早く跡継ぎを作っておいた方がよろしいかと」

「別に叔父上もいらっしゃるし、いとこたちもいるだろ」

「何も直系にこだわらずとも……」とボヤくと、すかさず厳しい視線が突き刺さった。面倒くさい。

「……そこまで言うのなら、お前たちで適当に選べ」

　そう言うと、クレマンの片眉が上がる。

「適当に、ですか」

「誰でもいい。いや、のさばられると面倒だから、金で言うことを聞いて大人しいカンジの女を適当に」

「……酷い言い草ですね。ご自分の伴侶だというのに。容姿にご希望は？」

「ないない。政略結婚なんだから何でもいいだろ。どんな女でも薬使って勃（た）たせるさ」

「……酷いですね。あなた、女性の敵ですね」

「……」

などという軽口の応酬があって、一週間後。

本当にクレマンは相手候補を見つけてきた。

仕事が早い、というより、近々レアンドルが再び国境へ戻らねばならないからだろう。城にいる内に決めてしまいたいのだ。

「北に小さい領地を持ちますガーランド伯爵家のお嬢様です。王都での評判も良い可愛らしい方ですよ」

聞いたことのない貴族だった。よほど領地が小さいのかもしれない。

調査書を読むと、借金に借金を重ね、家計は火の車。うってつけではないか。

「まぁ……誰でもいい。王都の女など皆同じだ」

たまに出席を強制され、パーティーに出ることもあるが、そこで見る女たちの視線は、皆同じ。

ゴテゴテと着飾り、互いを牽制（けんせい）し、人の品定めをする。

こちらに色目は使うが、辺境伯という微妙な地位に探り探りなのが見て取れ、面倒なことこの上ない。

あまり興味もなく紙切れをパラリと放ると、クレマンは呆れたようにそれを拾い、「では話を進めます」と一礼して去っていった。


ガーランド家から了承の手紙が届いて半月。

婚約者殿……いや、書類を提出しさえすればもう妻だが――を待たずして、レアンドルは国境へ戻らねばならなくなった。

正門の前ではレアンドルと数名の騎士が準備を整え、馬も出立は今か今かと鼻をブルブルと鳴らしている。

もう出立しようというその時、血相を変えて走ってくるクレマンが見えた。

「お、お、お待ち下さい――！ 旦那様、大変です！ 先ほど早馬で、ガ、ガーランド家から書状が！」

「クレマン、落ち着け」

「これが落ち着いていられますか！ ガーランド家のリリー様が嫁いでくるはずが、リリー様には既に婚約者がいらっしゃるらしく、代わりに姉を寄越す、と！ ここに！」

クレマンが頬にぐいぐい押し付けてくる紙を一瞥（いちべつ）すると、確かにそのように書いてある。

「？ ガーランド家には令嬢が二人いたのか？」

「は、はい……。しかし調べでは、ガーランド家の令嬢は一人だったはずなんですが……、どうやら、姉のアメリアは素行が悪く、ガーランド家に閉じ込められ、隠されていたらしいです。多数の不純異性行為、賭博、散財、等々……家計が火の車なのはアメリアのせいだとか」

なんだその絵に描いたような悪女は。すごいな。

「では、この話は破棄だな」

「も、もう馬車でこちらに向かっていると」

「来たら追い返せ」

「こ、こちらから打診しておいてそれは……」

「は、足元を見られたな。貧乏貴族にしてやられ、うまく不良品を押し付けられた、と」

一度了承の文を送り、迎えの馬車に姉を乗せてしまう。それと同時に「やっぱり姉でお願い」という文を早馬で届ける。

「ガーランド家の令嬢」を所望したのはこちらで、あちらは約束を違えたわけではないのだ。してやられた。

クレマンは分かりやすく「ぐぬぬ……」と唸る。

武人としては一流だが、家令としてはまだまだだといったところだろう。

「は、もう誰でもいい。その姉の方で婚姻届けを出しておけ」

「しかし……」

「放っておけば嫌気がさして自分から出ていくさ。離縁が成立したら、また次を探せばいい」

「……分かりました。デュボア家の財産は絶対に使わせません」

「頼む。では行ってくる」


そうこうして。

なかなか城に戻れないまま、一年が経過してしまった。

しかし、野盗団の討伐には目処がついてきた。本拠地であるアジトを突き止めたので、あとは頃合いを見て叩くだけだ。

城へ戻らないレアンドルを見かねて、時折クレマンがこちらまで顔を出してくれている。

「みすぼらしいガリガリの女でしたねぇ」

「ほぉ、悪女じゃなかったのか？　噂と違うじゃないか」

「そう見せかけて、こちらを騙しているのかもしれません」

「悪女の考えることは分からんな」

当主でないと決裁できない書類をクレマンが積み重ねていく。その中にガーランド伯爵家から金を無心する手紙も混じっていた。

「またか？　支度金や結納金も払ったし、毎月それなりの金を送っているだろう？」

「領地の運営がうまくいってないんですかねぇ……。調べてみます」

「領主は無能なのか？　無能に金を払い続けるのも癪だな」

――無能なのは己だった、と後に分かる。

この時、何故もっと疑問に思わなかったのか。

何故、真相を突き止めようとしなかったのか。

後に途方もない後悔に襲われることになるのだが、この時のレアンドルは知る由もなかった。


結局二年が経ち、やっと野盗団の殲滅に成功した。

父の時代から長きにわたるデュボア領の悲願がやっと、やっと叶い、騎士団がお祭り騒ぎとなったのも致し方ないだろう。

後処理が残っているが、それは下の者に任せ、レアンドルは一足先に城への帰路についていた。

このニュースは隣国にも轟いているはずだ。しばらくは隣国もおいそれとデュボア領を攻めることはないだろう。

これでやっと、落ち着いて領地の運営に勤しめる。

後回しにしたことが多すぎて、陳情が溜まりまくっているのだ。街道の整備、橋の修繕、鉱山の労働環境の改善……やることは山ほどある。

四年前に辺境伯となったレアンドルであるが、やってきたのは、ほぼ野盗団の殲滅のみ。

これからが領主としての本番だ、と意気込んで執務室へ入ると、顔色の悪い家令が頭を下げていた。

「旦那様、こちらを」

そう言うクレマンから、一枚の書状を受け取る。

「なんだこれは。またガーランドから金の催促じゃないか」

「……はい」

「おかしくないか？　毎月相当の額を援助しているぞ？　悪女はこちらにいるんだから、金がかかる者はもういないだろ。何に使ってるんだ？」

思わず書状を捨ててしまった。それを拾うクレマンの顔がますます青い。

「……もしかしたら、奥様は悪女では……」

「は？」

「……奥様は、悪女ではないかもしれません」

「……どういうことだ？」

クレマンが机の上に広げた資料に目を通す。

そこには、アメリアを除くガーランド一家の悪事が事細かに記されていた。

「……決める際の調査書は何だったんだ？」

「申し訳ありません！　何分急いでおりまして……その、」

「上っ面の情報を信じた、ということか」

「……はい。面目次第もございません」

「はっ！」

思わず声が漏れた。

戦争にも情報戦は付き物だ。情報を見誤れば、待っているのは己の死、だけでなく、団の壊滅だってあり得る。

散々情報戦を繰り広げてきた我々が、何という体たらくなのか。

クレマンとて情報の重要性を理解していないはずはない。

そして、部下の持ってきたそれを精査もせず、それどころかほとんど見もしなかったレアンドルとて同罪——いや、上に立つ者として、それ以上の罪だ。

「これが戦争なら、俺たちは間違いなく死んでいる」

「……はい」

「……それで、今、彼女は？　どこにいる？」

それすら知らない己に驚愕する。

「いるよな？　まさか放逐したわけじゃ、」

「いえ、いらっしゃいます！　……いらっしゃると、思います……騎士から奥様がいなくなったとの連絡は受けていないので……」

「なんだそれは」

「私も二年前から会っておりませんので。騎士に見張らせていました」

「……っ！」

怒鳴ろうとして、思いとどまった。「放っておけ」と言ったのは、他でもない自分だ。クレマンはそれに従っただけ。

ずしんと、ないはずの重りが心臓にのしかかる。

「奥様は、敷地の外れの小屋に、いらっしゃいます」

「小屋……？　まさか、厩番が住んでいたあの小屋か？」

「はい。厩舎の移動に伴い厩番の小屋も移動しまして。その後空き家になっていたものです」

「待て、それは五年ほど前じゃなかったか？　雨漏りでもしていたら中は腐って……部屋の中は確認したのか？」

「……しておりません。何かあれば言伝があるだろうと……」

「あったのか？」

「ありません」

開いた口が塞がらない。

「林の木を切り出す許可を求めてきたので、許可しました。もしかしたら直したのか、どうなのか……」

「伯爵家の令嬢が？　見張りの騎士たちがやったのではないか？」

「騎士たちには何もするな、と言い含めております。必要以外は話すな、手助けするな、と」

女性に手助けするなとは……。鬼か、鬼なのか。

騎士を誘惑される危険を冒したくなかったのだろうというのは、分からなくもないが。

「食事は？　まさか何も与えてないのではないだろうな？」

「私は何も指示しておりませんが……。厨房の者を呼んで参ります！」

そうして呼び出してみれば、食事すら与えていないという事実が発覚したのだった。

「必要であれば、あちらから言ってくるだろうと……。外で何か買っているのかと思って……」

突然当主に呼び出されたシェフは、緊張で顔が固まってしまっている。そんな男のボソボソした言い訳を聞いて、レアンドルは頭を抱えた。

アメリアが金を持っていた可能性は限りなく低い。

聞けば、荷物は小さいボストンバッグ一つ。他に荷物もなく、体はガリガリでみすぼらしい身なり。ガーランド家で何かあったと考える方が自然だ。

「彼女の身辺を洗い直す。俺が直接……と言いたいが、王都で俺が動くとややこしいことになるのでな。悔しいが、こういうことに適した奴に頼もうと思う」

「……畏まりました」

アメリアの窮状を知らなかった……いや、知ろうともしなかった。知れる立場にいながら、レアンドルはそれをしなかった。己の非道さに吐き気がする。

「……結局、デュボア領にいる者全員で、罪もない女性を二年間にわたり虐げた、ということだな」

恐ろしい事実だ。

嫁選びなど、人が死ぬわけでも、飢えるわけでも、街が破壊されるわけでもない。だから、重要視しなかった。

政略結婚などそんなものだし、「誰でもいい」と言ったのは他でもない自分だが――。

「戦争じゃなくても人を殺せるのだな。……俺たちは、一人の女性の人生を……殺した」

「……まだ、分かりません。生き返らせることができるかもしれません」

「……どうだろうな」

窓の外、小屋のある方向は林が広がるばかりだ。

「諜報部、鍛え直しとけよ」

「御意。私も含め、精進いたします」

額が膝につくほど体を折り曲げた家令の後頭部を見つめる。

白髪が増えたな、などと関係ないことを思った。

＊＊＊

「あはははは！　あはっ……はっ……あはははは！」

「……笑い事ではないのだが」

目の前で笑い転げる男に苛立ち（いらだ）が湧く。

ここは王宮。王太子の執務室。

いつものように呼び出されたレアンドルが馳せ参じてみれば、目の前の男——王太子ジェラルドは、流れるような青みがかった銀髪が乱れるのも構わず笑い転げている。

貴人の執務室らしく、この部屋は机や椅子、飾られた装飾品などどれも一級品。そんな重厚感漂う雰囲気が、今は部屋の主の馬鹿デカい笑い声で台無しだ。

「まぁまぁ、笑うのは可哀想だよ。ツラいのはレアンドルも同じさ。武人として清く正しく生きてきたのに、無関心さが災いして、まさか知らず知らず自分が女性を虐げていたとはね～。あぁ可哀想可哀想～」

「……」

フォローと見せつつ傷に塩を塗り込んでくるのは、長い緑の髪をゆるりと後ろで束ねた丸眼鏡の男。王宮魔術師のリュカだ。

三人は王立学園時代の同級生で、悪友というか腐れ縁というか。それぞれに忙しく過ごす今でもこうして時折集まって仲良く……いや、二人でレアンドルをいじり倒してくる仲である。

「あはっ……はぁはぁ、まぁとりあえず、野盗団の殲滅、おめでとう。あれには南の隣国も手を焼いていたから、あちらの国王から正式に感謝の言葉が届いたよ。うちとしても貸しができて政治がやりやすくなったし、辺境伯には大変感謝する。ありがとう。……ぷぷっ……だがしかし……ふっ……」

堪えきれないとでもいうように、再びジェラルドの口から笑いが漏れる。

レアンドルの眉間の皺が深くなると、「ごめんごめん」と言って、数枚の書類を渡してきた。

「はい、ご希望のガーランド家の調査書だよ。しかし……こんなこと言うのもアレだが、ガーランドの悪事は王都では有名だぞ。特に高位貴族の間ではな。それを百戦錬磨のデュボア領の諜報がやらかすなんて、どんだけ伴侶選びが杜撰なのかっていう……。しかもレアンドルが知らないって……いくら辺境だからってちょっと社交サボりすぎじゃないか？」

耳が痛い。痛すぎる。

「……善処する」

珍しく落ち込むレアンドルに、ジェラルドは呆れか諦めか、ため息を吐いた。

「まぁ、だからさ。奥方の異母妹……何だっけ？　リリー嬢？　の火遊びも相手は下位の者ばかりで、姉の名を騙ってるみたいだけど、信じているのは下だけ。高位の者は誰も信じていないよ」

「……リリー嬢には婚約者がいると聞いたが？」

「いないいないない。シュヴァリエ公爵家のオスカー殿を狙ってたみたいだが、もちろんリリー嬢の悪事は轟いてるからね。適当にあしらわれてるのに、何だか分かってなくて面倒くさいみたいだよ。その内公爵家から正式に抗議がいくんじゃないかな？」

ジェラルドの話を聞きながら調査書を読み進める。

彼らの悪事に関してはクレマンが調べ直してきたのと大差ないが、こちらにはガーランド家でのアメリアの境遇が記されていた。

「……酷いな」

「そうだね。後妻に疎まれるのはよくある話とはいえ、よく貴族の令嬢が耐えられたもんだ。しかも当主である実父は、書類仕事までアメリア嬢にやらせて……。これは処罰対象だよ。まったく」

「あら～、これ、レアンドルがアメリア嬢に追い討ちかけたってことかな？」

「！」

「リュカ！　おまっ……レアンドルにとどめ刺すな！　私だって言うのを我慢してたのに！」

この悪友たちは慰める気などさらさらないのだろう。

いや、全面的にレアンドルが悪いのだ。この二本の剣は甘んじて受けなければならない。

「ほら、南の英雄サマが落ち込んじゃったじゃないか。何とかしろ、リュカ」

「えー？　うーんと……じゃあ、僕の方の調査書もどうぞ」

そう言ったリュカの手にある紙束を受け取ると、麗しの王太子はその深い藍色の瞳をきょとんと見開いた。

「なんだ、リュカにも何か頼んでたのか？」

「僕のはね～、もっと前。悪女の見張りを頼まれてたの。だから使い魔でずっと小屋をね、監視してたんです～実は」

「何だそれ。レアンドルお前、騎士に監視させてたとかいう家令と変わらないじゃないか」

「いや……リュカから報告もないから忘れていて……」

「僕も暇じゃないんでね～。魔力検知してただけだからさ～」

魔術師の協力者がいて、男を連れ込まれたり、騎士を誘惑されたり、秘密裏に出入りされても困ると思ったのだ。

そう告げると、リュカは目に見えて顔をしかめる。

「出入りって転移魔法のこと？　そんなのできるわけないじゃーん！　君が今日通ってきた辺境と王宮を結ぶ転移ゲートだって、僕たち魔術師が交代交代で魔力を込めて、やっと一回使えるんだよ？　そんな個人で簡単にできたら大魔術師様だよ」

「……そうなのか」

「そうなのかって～！　自分が魔力ゼロだからって、どんだけ興味ないの！　アメリア嬢自身が魔法を使える可能性は考えなかったの？」

「……考えなかった。調査書に書かれていなかったので……」

「「……」」

もはや顔を上げられずにいると、二人が絶句する気配を感じる。

「ホントよく野盗に勝てたよね」

「剣でゴリ押しも大概にしろよ。死ぬぞ」

突き刺さる正論に何も言えない。

リュカの調査書には、ここ二年間にわたる小屋での魔力の動きが詳細に記してあった。

特筆すべき大きな力の動きはなく、問題のありそうな魔法も使われていなかった。

「アメリア嬢は大して魔力の量も多くない、てか、はっきり言って少ないから、転移なんてぜーったい無理だよ。それより興味深いのは、たくさんの種類を使えることだね。あと組み合わせるのも上手。イメージするのがうまいのかな」

仲直りをしたら会わせてほしい、などと軽く言う緑髪の男をギロリと睨(にら)むも、へらへら笑うだけでどこ吹く風だ。

……仲直りなど、仲が良かった者同士に起こる現象で、向こうはレアンドルの顔さえ知らないのだ。それ以前の問題ではないか。

「で？　許しを乞いに行ったのか？　もちろんもう城に招いて手厚く保護してるんだろうな？」

「……」

「「えぇっ！　もしや、まだ!?」」

もちろん、様子は見に行ったのだ。

己が女性を虐げたという現実を知るのが恐ろしく、重い足を叱咤して、何とか小屋へ向かったのだ。

見張りの騎士は突然の当主の訪問に驚いていたが、何とか黙らせ、彼女に気付かれないよう木の陰からこっそりと覗いた。

そこでは、可愛らしい女性が一人、楽しそうに生活していた。

騎士に聞くと、ボロボロだった小屋を〝身体強化〟を駆使して本当にアメリアがほぼ一人で直し、機転を利かせて食物を調達しては、スープやら炒め物やら調理をして美味しそうに食べているという。

クレマンは「みすぼらしいガリガリの女」だと言っていたが、薔薇色のふっくらした頬に、細いが健康そうな体躯。聞いていた話とまるで違う。

金色を纏う髪色は、写真で見た義妹のギラギラした金髪とは違い、ふわふわと陽だまりのような温かさを感じた。

朝は早い内から起き出し、せっせと井戸の水を汲み、例の魔法を器用に使って盥で洗濯をしている。

干してあるのはいつも簡素なワンピースで、まるで下働きの女が着るような、生地も薄く何の飾りもない地味なものが、風を受けてペラペラと揺らめく。その干し竿さえも木の枝を切り出して作ったのだろう。手作り感満載だ。

時折、見張りの騎士と目が合えば、ふわりと微笑む。騎士が軽く頭を下げると、彼女もペコリと頭を下げ小屋へ入っていった。

心がざわつく。

あの微笑みを向けられる騎士たちに、よく分からない鬱屈とした靄が湧いた。

それからは、取り憑かれたように小屋へ通ってしまった。

ある日は、森で何やら植物を採取し、小屋の周りの平地に広げたかと思うと、楽しそうに魔法をかけている。ある日は、例の心もとない干し竿に布団を干し、竿が倒れそうになるのを慌てて支えていた。ある日は、やはり手作りであろう組み立て式のテーブルと椅子を平地に広げ、原稿用紙を前に何やら真剣に書き付けている。

くるくると変わる表情。

それを騎士ではなく、自分に向けてくれたら——。

「うーわ、毎日見に行ってるの？　こわ～い」

「もう好きになってるじゃないか。チョロいなお前」

「……好き？　いや、これは贖罪というか悔悟というか……そういうものだろう」

「「あぁー……そう……」」

二人の残念なものを見る視線にも気付かず、冷めた紅茶を口に運ぶと苦いものが広がる。

そんなレアンドルを見て、ジェラルドは再びため息を漏らし、長い足を組み直した。

「そんなに気になるなら早く許しを乞いに行って、城に招き入れればいいじゃないか」

「……会うのが、こわい」

「「え、」」

「一日も早くこの状況を変えねばならないことは分かっているが、許されなかったら……いや、こんな仕打ちをした男だ。それはいい。だが、彼女の口から責められ、罵られたら……俺は……耐えられない」

「「え――……」」

「それ、もう好きじゃん」と友人二人は思ったが、面白そうなので口を噤むことにした。

レアンドル・デュボア、二十四歳。

その遅い遅い初恋は、本人だけが気付かない。

＊＊＊

レアンドルが悪友たちと出会ったのは、王立学園でのことだったと思う。

大抵の王族、貴族が通う王立学園。

十五歳から十八歳までの男女が通うこの学園は、学舎（まなびや）だというのに無駄に広い敷地に、無駄に豪華な校舎。そして、無駄に煌（きら）びやかな人々が集い、何やら話に花を咲かせている。

「……面倒だな……」

そんな人の輪を自席からチラと見て、レアンドルはため息を吐いた。

学園といえど、ここが社交界の縮図であることは理解している。礼儀を学び、人脈を築くのだろうが——。

……あぁ、面倒だ。


デュボア家の特徴的な黒目黒髪は、極東の王族に由来しているといわれている。

古（いにしえ）に故郷を追われた王とその家来たちがこの大陸に流れ着き、武勇に秀でたその腕を買われ、隣国と接する南の地を任されたと歴史書には記されていると聞くが、レアンドルとしては「だから何だ」というカンジだ。

辺境伯などという微妙な地位を与えられているが、いつの時代もやることは変わらない。目の前の民を守り、助け、民の暮らしやすいように領地を整える。デュボアの使命はそれだけだ。

レアンドルとて、学園（ここ）を卒業すれば騎士団に入って腕を磨き、時期が来たら辺境伯の地位を継ぐのだろう。

社交など必要ない。

見るともなしに視線を彷徨わせていると、一際大きい人垣が教室の隅に陣取っていた。

「王太子殿下、お初にお目にかかります。ホワード子爵が嫡男、エリクと申します。よろしくお願い申し上げます」

「ご丁寧にありがとう。よろしく頼むよ」

「殿下♡　ロペス男爵家のサマンサと申します。以後お見知りおき下さいませ」

「うん、これからよろしく。皆、これから学友となるのだから堅苦しいのは抜きにして、ジェラルドと呼んでくれ」

「ジ、ジェラルド様！　光栄です！」

「きゃー！　ありがとうございます～♡　ジェラルド様～♡」

煌びやかな集団から一層賑やかな歓声が上がる。社交真っただ中だ。

その中心にいる男――王太子ジェラルド・ストラティオン。

王族特有の青みがかった銀髪に深い藍色の瞳。集団の中でも一際キラキラしい男は、次から次へとやって来る謁見の生徒に笑みを浮かべ丁寧に対応している。なんともご苦労なことだ。

本来ならレアンドルも挨拶をしに行くべきなのだろうが……まぁいいか。別に不敬とされても構いはしないし、一生関わることもないだろう。

謁見の列に並ぶ気にもなれず、レアンドルは鬱々と窓の外へ視線を移した。

――なんて思っていたのだが。

「こんなところで何をやっているのかな？」

銀髪の男が目の前に立っている。

何故だ。


学園生活も二週間を過ぎると、生活サイクルというものができてくる。

何度か同級生に話しかけられたりもしたが、面倒で適当にあしらっていたら誰も声をかけてこなくなった。よしよし、これで自分のことに集中できる。

通常の休み時間は本を読んで過ごし、昼休みはさっさと昼食を済ませ、裏庭で鍛錬を積む。

当初中庭でやっていたら、昼食をとっている者や歓談している者が大勢いて、怯えられてしまった。まさか木刀を素振りしているだけで悲鳴を上げられるとは……。こっちは本来の真剣でやりたいのを我慢しているというのに。

教師からも苦言を呈されてしまったので、仕方なしに人気がないという裏庭に足を運んだ。

そこは、校舎の陰になっていて薄暗く、「庭」とは名ばかりで、芝生すらない土が剝き出しの地面が広がるばかり。これなら誰も寄り付かないだろう。一人鍛錬をするにはうってつけだ。

しかし、意気揚々と鍛錬を続けて数日後。

「たっ、助けて……！」

いつも通りに昼食をとり裏庭に向かうと、女生徒が不良に絡まれていた。

この数日はたまたま遭遇しなかっただけで、人気がない裏庭は不良の溜まり場だったらしい。

この学園は貴族か、入学を認められた優秀な平民しかいないはずなのに……。いるのか、不良。

「いやぁっ！　誰かっ……！」

「こんなトコロ誰も来ねぇーよ！　諦めろ！」

「いやぁぁー！」

……あぁ……面倒だ。鍛錬がしたいだけなのに、何なんだ。

乱暴に土を踏み、わざと足音をさせて近づくと、不良たちが一斉にこちらへ顔を向けた。ざっと見たところ五人いる。

「おっ、お前誰だよ⁉　俺たちが誰だか分かってるのか⁉」

知らない。あちらもレアンドルを知らないようだから、お互い様だろう。

「痛い目にあいたくなければ、とっとと去りな！」

「断る。俺はここでやることがある」

「なんだとぉ⁉」

そう言うと、五人の内二人が殴りかかってきた。……きたが、普段デュボアの騎士団に混じって鍛えているレアンドルにはスローモーションのように遅く見える。ふい、と避けると、不良たちの体は面白いように転がった。木刀を使うまでもない。

「この野郎！」

襲いかかってきた残りの三人の足を引っかけ、よろけている後ろに回り背中を押す。崩れるように三人とも地面に転がり、あっという間に土まみれだ。

「くそっ……！　このままで済むと思うなよ!?　俺を誰だと……」

「ふぅん、誰なのかな？」

突然、校舎の陰から優美な声が響いた。

気配は二つ感じるが、出てきたのは一人だ。いや、よくよく神経を研ぎ澄ませると、他にもあちこちに潜む気配を感じる。不良に気を取られすぎた。自分もまだまだだなと反省するレアンドルとは裏腹に、不良は更なる招かれざる客の登場に慌てふためき大声を上げた。

「だっ、誰だ！」

「誰、とはご挨拶だね。私を知らないのかい？」

現れた青銀の髪が裏庭の生温い風に揺れる。その優し気で美麗な顔は笑っているようで笑っていない。

「こんなところで何をやっているのかな？」

「お、王太子……殿下……、いや、これは……」

不良たちは突然現れた王太子に恐れおののいている。不良のくせに王太子にはへりくだるのか……不思議だ。

「で、殿下！　酷いんです！　こ、この黒髪の男が、ぼっ木刀で突然俺たち……いえ、僕たちを……！」

――はぁ!?

何故か男たちがこちらに罪を擦り付けてきた。

地面に転がされボロボロに汚れた男たちと、無傷で木刀を持ったレアンドル。確かに、こちらがやったように見える……かもしれない。マズい。

「……っ」

王家の不評を買うのは構いはしないが、一応学園は卒業してこいと父に厳命されている。貴族として騎士団に入るにも王立学園卒業は最低ラインらしい。たった二週間で退学はマズい。すこぶるマズい。

「そっ、そうです！　こいつが木刀でっ……」

「そうですそうです……！」

「……ふっ……あはははは！」

「「！」」

予想外な王太子の笑い、しかもいつもの優し気な微笑みとは全く違う豪快な爆笑に、不良たちの顔が固まる。かく言うレアンドルも表情筋こそ動かなかったが、こっそり驚いていた。

「言うに事欠いてそんな言い訳か……。いやはや救いようがないね。なぁ、リュカ」

「はいはーい。残念でした～。君たちの動向は全部僕の使い魔が見ていたからね。嘘を言っても無駄さ」

校舎の陰からもう一人、緑髪の男が出てきた。肩には黒々したカラスが留まっている。

「王太子であるこの私に偽証するとは……。事の重大さは理解しているかい？」

「「……っっ」」

不良どもの顔がみるみる青ざめていく。

「追って沙汰を下すよ。とりあえず全員自宅で謹慎でもしてて。さぁ、おうちに送って差し上げろ」

王太子が優雅な身振りと共にそう言うと、暗がりからヌルッと黒装束の男が三人現れた。

これが噂に聞く王族の「影」か。

〝隠蔽〟の魔法を持ち、姿を隠して王族の護衛や極秘任務にあたるという専門集団だ。緑髪以外に感じていた気配は彼らだったらしい。三人もいるとは……いやまだ気配を感じる。王太子のためだけにどれだけの人数がいるんだ。

不良たちは諦めたのか、特に抵抗するでもなく「影」に拘束されていく。

「……覚えてろよ……」

男がそう呟く。一番初めにレアンドルに罪を擦り付けてきた男だ。

周りの耳に届いているのか、いないのか。そのねっとりとした嫌な声は、レアンドルの脳に染み付いた。


見ると、女生徒が王太子に助け起こされている。しまった、忘れていた。

「ほ、本当にありがとうございました。私はクラーク男爵家のシエナと申します。あ、あの……失礼でなければ、お名前をお伺いしてもよろしいでしょうか?」

「……レアンドル・デュボアだ」

「デュボア様……。本当に本当にありがとうございました。あの、王太子殿下とトラントゥール様も、ありがとうございました」

そう頭を下げ、女生徒は去っていった。先ほどの「影」も護衛としてこっそりついていったようだから安全だろう。

これで万事解決だ。全く、とんだ災難だった。

「……じゃあ、俺もこれで」

貴重な昼休みが潰れてしまったが仕方がない。ペコリとおざなりに頭を下げ、レアンドルも去ろうとすると、何故か王太子が目の前に立ちはだかる。

「……っ」

レアンドルと変わらない身長に、鍛えている自分よりは幾分細い体躯。しかし発せられるオーラは間違いなく王族のもので、圧倒的な空気がレアンドルを襲った。

「やぁ、お手柄だったね。あの者たちは侯爵家の三男を筆頭に徒党を組んで悪さをしていたようで、一応名のある貴族なものだから学園側も手を焼いていたのさ。助かったよ」

「……そうですか」

「それは良かったです」と言い置いて脇をすり抜けようとしたが、行く手を塞ぐようにもう一人、緑髪の男が立っていた。何だ。何なんだ。

「こんなことになるなんてね～。見ていて良かったよ」

「見ていて……？」

——俺を？　何故？

レアンドルの不穏な空気を察したのか、緑の男は申し訳なさそうに眉を下げた。

「あー、ごめんね？　ちょっと君のことが気になったから使い魔で覗いてたんだ～。昼休みの間だけだから許して？」

そう可愛らしく両手を合わせる仕草がとても似合う、男としては華奢な体軀。肩下ほどの緑の髪をちょろりと結び、大きな丸眼鏡が小さな顔からこぼれ落ちそうだ。しかし、その小柄な身の内には膨大な魔力が流れているのを肌で感じる。この歳で使い魔を操るとは相当だろう。

先ほど、女生徒が「トラントゥール」と言っていたか――「トラントゥール」といえば、代々優秀な魔術師を輩出する有名な一族で、現在の当主は魔術師長だと記憶している。

「でも、君は気付いていたよね？」

「……感じてはいた」

レアンドル自身は魔力を持っていないが、デュボアでは魔力を察知する訓練も受けてきた。そうでなければ魔術師の攻撃を避けられない。

今回は実害がなさそうなので放っておいた……というか、教師に見張られているのかと思っていた。違ったようだ。

「あ、やっぱり～。てか、小さい生き物の〝使役〟なんて大して魔力使わないんだけど、それを感じ取るなんて流石だね～」

「……」

……この状況は何なのだ？　もう教室に帰っていいか？

レアンドルの無言に、銀髪の王太子はふっと笑いを漏らす。

「そう警戒しないでくれ。私はジェラルド・ストラティオン。ジェラルドと呼んでくれて構わないよ」

「僕はリュカ・トラントゥール。トラントゥール侯爵家の次男だよ。リュカって呼んで〜。よろしく〜」

「……レアンドル・デュボア……と申します。殿下、トラントゥール様、もう教室に戻ってもよろしいか？」

「「あははははは‼」」

何故か爆笑された。

「あはっ、はーはー、うん……いいよ。というか、同じクラスなのだから一緒に帰ろう」

「……木刀を片付けに行くので遠慮する……いや、します」

「「あはははは！　木刀！　あははははは！」」

何故笑われるのだ。何なのだ。

「ぶふっ、はぁはぁ、腹が捩れるかと思った……。いやはや、一筋縄ではいかないな」

「どういう意味だ、ですか？」

「ふ、いや？　本当に呼んでほしい者にはなかなか呼んでもらえないと思ってね」

「？」

曖昧に笑う王太子の胸中を察せられるほどレアンドルは繊細ではない。残念ながら。

「では、俺、えー……私は、これで。失礼」

「うん、では教室で」

「またね～」

一度も振り返らない男の背中をジェラルドとリュカは見つめる。

入学してからというもの、ジェラルドの周りは常に賑やかだ。王太子という立場は厄介なもので、様々な人間がそれぞれの思惑で自分に近づいてくる。

そんな中、ふと教室を見渡すと、窓際の真ん中、そこだけがポッカリと人がいない。その不自然な空間の中央に黒髪の男が座っている。

彼は誰と話すでもなく、一人ぼーっと窓の外を眺め、全てを拒絶せんばかりの誰も寄せ付けないオーラを垂れ流している。そこだけが異界のように静寂に包まれていた。

——気になる。その静寂に惹かれる。

ジェラルドがこうした勘を外したことはない。

「さて、いつになったら私の名を呼んでくれるのかな……」

ジェラルドの呟きは、レアンドルに届くことなく生温い風にさらわれ、狭い空に消えた。

「やぁ、レアンドル。今日は何を読んでいるのかな?」

どうしてなのか。あれ以来、王太子がレアンドルに絡んでくる。

「……今日も何も、いつもと同じ兵法書だが……いや、ですが」

しかも、いつの間にか名を呼ばれるようになっていた。何故だ。

王太子であるジェラルドが積極的にレアンドルに話しかけるので、教室中、いや、学園中がザワザワしている。

勘弁してくれ。

社交などしなかった分、どうせ誰もレアンドルのことなど知らない。だから、この学園生活もひっそりと平穏に終わらせ、スルッと騎士団に入る算段だったのだが。

「あははは！　無理に敬語を使うこともない。もっとフレンドリーに接してくれて構わないよ」

そんな王太子の言に周囲がどよめく。

この男……自分の発言がどれだけ聞かれていて、どれだけ影響力があるのか分かっているのだろうか。さよなら、俺の平穏な学園生活。

「!?」

「そんなに兵法書が好きなら、王立図書館にある本でも読みに来るかい？」

デュボア家にももちろん広い書庫があり、兵法書だけでも相当の数がある。だが、王立図書館となると話は別だ。

その奥には、どれだけ手を尽くしても手に入らない絶版本や禁書が眠っていると聞く。辺境伯である父も、たまに王に頼んで読みに行っているらしい。

「父も、その……奥に行って、いや伺っていたと……」

「奥？　あぁ、禁書庫かな？　王族の私と一緒ならどこでも出入り自由だけど、行くかい？」

「行く……！　や、行きたい、です……！」

「ぷっ、それなら敬語はやめてもらおうかな？」

「分かり……分かっ、た」

「ほんっと、分かりやすいねぇ～」

リュカの生温い視線にも気付かず、レアンドルはズルズルとジェラルドの術中にはまっていき、入学して二か月が経つ頃には、三人でいるのが当たり前になってしまったのだった。


「……だからといってだな」

今日も今日とて、裏庭で鍛錬しているレアンドルのもとに、王太子と緑の魔術師がやって来ていた。

「毎日来ることはないだろう……こんな薄暗い場所に」

「まぁまぁ、気にしないで。鍛錬を続けてくれ」

「そういうことではないのだが……」

苦言を呈そうにも口では勝てず、うまく二人に言いくるめられてしまう。

これまたいつの間にか庭の端に置かれた鋳物の白いテーブルと椅子で、王太子と魔術師は優雅に食後のお茶を楽しんでいる。

たまに書類仕事などもしているようだが、王太子ともなれば学園といえど専用の執務室もあるだろう。何故裏庭で……。

そう問うと、王太子は眉を下げ、また曖昧に微笑む。

「まぁ、一年目とはいえ私も一応生徒会に名を連ねてはいるから、部屋もあるにはあるけど……。

私がいると先輩方がやりにくいだろうし、顔を出すのは来年あたりからにしようと思っているよ」

……王太子という立場はそれなりに難しいらしい。

「レアンドルは？　来年から騎士専攻かな？」

「あぁ……いや、半分騎士で半分政治経済だと思う」

この王立学園は、一年目はクラス固定で総合的なことを学び、二年目から各々が目指す将来によって、自由に授業を選択するカリキュラムとなっている。

辺境伯として侵攻に備え、鍛えなければいけない反面、領主として領地も治めねばならないレアンドルはどちらも疎かにできない。

「私は三分の二、政治経済で、残りを騎士にしようかな」

「えー僕だけ魔術師専攻じゃーん。さみしい～」

「じゃあ三分の一、俺と共に騎士にしろ」

「じゃあ三分の一、私と共に政治経済にすれば」

レアンドルと王太子の重なった台詞に、魔術師は噴き出した。

「ぷ────っ！　もしかして僕ってモテモテ～!?」

「違う！」

「違うね」

「あははは！」

魔術師といえど、騎士と連携して戦うこともあるだろう。危険な地へ赴くこともあるかもしれないから、少しは体で戦えた方がいいのではないかと思ったのだ。

そう言うと、緑の魔術師は少し考えるように両手で両頬を挟み、口を尖らせた。

「んー、僕はそういう魔術師じゃなくて、研究職に就きたいんだよね～」

「だが、リュカほど膨大な魔力を持っている者もなかなかいないからな。確かに危険な事案に駆り出されることもなくはないぞ？」

「えぇ――」

王太子の嫌な予言に緑の魔術師は頬を膨らます。

「それに、王宮に勤めるのであれば、少しは政治経済を分かっていないとな。馬鹿では魔術師長は務まらないぞ」

「別に僕は師長を目指してるわけじゃないんだけど……んー、じゃあ三分の二は魔術、残りを半分ずつ騎士と政治経済にしよっかな～」

「そうだな」

「そうするといい」

頷くレアンドルたちを見て、緑の魔術師は満足そうにニパッと笑った。

不思議な感覚だ。

学園で同級生と将来を語る。目指す道は三者三様で全く違うのに、一体感というか連帯感というか、謎の絆のようなものが生まれている気がする。

これが友情というもの――いや、待て。王太子と未来の魔術師長かもしれない魔術師だぞ？

……ないな。

辺境で戦いと領地の運営に明け暮れる未来しかないレアンドルとこの二人。ないに決まっている。

ぐるぐるとそんな思考に陥っていると、視界の端で何か光った気がした。

――それは、一瞬の出来事で。

「っ、ジェラルド!!」

レアンドルが叫ぶと同時に幾多の矢が降り注いだ。

「「なっ⁉」」

頭より先に体が動く。

鋳物のテーブルを横倒しにし、それを盾のようにして二人を庇いながら防ぎきれない矢を木刀で払い落とす。真剣であれば矢を斬り、敵陣へ攻め込むことも可能だが、なにぶん木の刀では防ぐことで精一杯だ。

外塀の上、そして飾りの透かし部分から矢が襲ってくる。しかし、すぐさま「影」と緑の魔術師が動き事態は好転した。

「今、数名が犯人制圧に向かっております！　殿下、この隙にお早く建物の中へ！」

「結界張ったよ！　遅れてゴメンね」

黒装束の男が二人、先日と同じく影から現れ我々を守るように立ちはだかる。更に緑の防壁のような薄い膜が皆を覆った。

「分かった、行こう。レアンドル、君もね」

「影」と共に戦う気満々だったレアンドルの首根っこを王太子が掴む。

「……分かった」

レアンドルは仕方なしに、皆と建物内へ退避することとなった。


そして何故か今、魔術師と共に王宮にいる。

「ふう……やれやれだね」

側近が香り高い紅茶を給仕し終えて出ていくと、王太子は椅子にもたれて呟いた。

初めて入った王太子の執務室は、厳戒態勢が敷かれている。それも仕方がない。なんといっても王太子の命が狙われたのだから。

犯人はすぐに捕まった。

塀の外から魔法で矢を飛ばしていたところを「影」に見つかり、あっという間に捕縛されたというその犯人は、先日の不良一味だった。

「先日の一件を恨んでのことらしいよ」

そう、あっさりと王太子は言うが、そんなことでレアンドルと緑の魔術師のみならず、王太子の命を狙うとは……。

「……信じられん。愚かすぎる」

「まぁ、退学処分になってしまったからね。王立学園を退学になるなんて他の学校も受け入れないだろうし、貴族としては致命的さ。とはいっても、こうなってしまったからには彼らの家も無関係とはいかない。取り潰しか、降格処分か……。いずれにせよ放蕩息子を制御できなかった罪は償ってもらわないとね」

　王太子はあんなことがあったとは思えないほど、悠然とその長い足を組み、優雅に紅茶を口に運ぶ。

　命を狙われることに慣れている――そんな印象だ。

「そうか……」

「何はともあれ、皆無事で良かった。レアンドル、君の功績が一番大きい。礼を言う。『影』も学園内だからと油断していたらしくてね。確かに、しばらく王族の入学もなかっただろうし学園としても緩んでいただろうと、」

「そうではないだろう」

　レアンドルの声が王太子の台詞を遮り、豪奢な執務室に響く。

「お前、王太子という自覚はあるのか？」

「……え、」

　突然のレアンドルの言、というか王太子に対しての「お前」呼ばわりに、場が緊張で張り詰めた。魔術師しかり、この部屋にも潜んでいる「影」も俄かにザワリとする。

「『影』や学園が緩んでいたのは本当だろう。しかし、一番緩んでいるのはお前だ」

「！」

「ちょ……、やめてよ、レアンドル！」

緑の魔術師が間に入ろうとするが、レアンドルは止まらない。いや、止める気もなかった。そんな自分を王太子は深藍の瞳を見開いて見つめている。

「リュカ、いいよ。レアンドル続けて？」

「日常的に命を狙われる立場にいながら、何故裏庭に来ていた？　あそこは常に薄暗く外塀にも近いから、今日のように外から攻撃される可能性も高い。それに毎日来ていては行動パターンが自ずと敵に知れる。『毎日来ることはない』と忠告したはずだが？」

そう言うと、王太子の目はきょとんと丸くなった。

「……あれは、私の身を心配していたのか？　申し訳ない、分からなかった」

「だったらちゃんと言えばいいのに～」

「……本当に狙われているか確証がないのに迂闊なことは言えない。不安を煽るだけだ」

「そうだけど～」

眉を下げる二人を見てレアンドルは言葉の難しさを悟るも、それを直す気にもなれず口を噤む。するといつぞやと同じく、レアンドルの無言に銀髪の王太子はふっと笑いを漏らした。

「……レアンドル、私は君の友人になりたい」

何やら、よく分からない台詞が聞こえた。

「……は？」

何がどうなって、そうなるのだろうか。こちらは不敬と罰せられても仕方なし、と覚悟して忠言したというのに。

しかし、奇妙なものを見るようなレアンドルの視線にも構わず、王太子は満面の笑みだ。

「襲われた時、『ジェラルド』と呼んでくれたではないか。もう心の中では友と見てくれていると思って良いのかな？」

「いや、あれは咄嗟だったから……その……」

「咄嗟の時ほど本心が出るのではないか？　嬉しいな、レアンドル」

「殿下、」

「……うん？」

圧だ。満面の笑みから発せられる凄まじい王族の圧がレアンドルを襲う。

「……ジェ、ジェラルド」

「何だい、友よ」

「ずるい～！　僕だって名前で呼んでほしいよ！　いつまで『緑の魔術師』なのさ！」

……面倒くさいな……。

「トラントゥール」

「違うでしょ！」

「……リュカ」

「お！　えへへ～、これで友達だね！」

……そうなのか？

「ま、待て……、俺の言ったことは……」

「分かっているよ。友として大変率直で有難い忠言だった。肝に銘じよう。感謝する」

「いや……」

またしても言い負かされている感ありありだ。

結局、その後もジェラルドとリュカの二人は裏庭にやって来た。

以前と違うのは、より一層外塀が高くなったこと。裏庭一帯に緑の結界が張られるようになったこと。そして、ジェラルドも木刀を持参し、レアンドルと共に鍛錬するようになったことだ。

何か違うような気がするのだが、三人で過ごす日々が日に日に心地よくなる。そんな自分を、レアンドルは認めざるを得なかった。


「ジェラルド、学生時代の木刀、ずっとここに飾ってるよね～」

ふと昔のことを思い返していたレアンドルは、リュカの声に我に返る。

「戒めというかね。木刀（これ）を見るとあの時を思い出すのさ」

壁を見ると、豪奢な執務室に不似合いな木刀が飾られている。ジェラルドとて帯刀している今となっては必要のないものだろうが、何の飾り気もない木の刀を苦い顔で見つめる友の横顔を見て、あの時苦言を呈して良かったと口角が上がる。

「あれ！　珍しい。レアンドルが笑ってる！」

「ほぉ、なかなか表情を崩さないレアンドルが……早速アメリア嬢の影響かな？　なるほど、奥方は興味深い人物のようだね」

ニヤリと笑う銀髪の男に嫌な予感がする。

「……何を企んでいる？」

「別に？　何も？」

嫌な予感しかしない。

しかし、優秀と名高いこの王太子が口を割るわけもなく。

舌戦では万に一つも勝てないレアンドルは、ぐぬぬと唸って黙るしかなかった。

第三章　羽は風が吹けば自由に飛んでいってしまうってことさ

「んー、今日もいい天気～！」

さてさて。

アメリア・ガーラ……違った。アメリア・デュボア、二十一歳。デュボア城の片隅で、絶賛スローライフ満喫中である。

「今日は何をしようかな～」

いつものクズ野菜で作ったスープと、いつものパン。そんないつもの朝食を庭でのんびり食べながら、アメリアは独り言ちる。

何をしてもいい。何もしなくてもいい。なんと贅沢なことだろう。

だが「何もしない」のにも限界があって。ここに来た当初は小屋の修繕やら何やらで忙しくしていたものの、それも終わって一日中のんびりだらだらしてみたのだけれど、二、三日で飽きてしまった。

結局は体なり頭なり動かしている方が性に合うようで、アメリアの毎日は、だいたい午前中に好きなことをして、午後からふんわり執筆をするというルーティンに落ち着いている。

「そうだ！　だいぶ暑くなってきたからアレを作ってみようかな！」

デュボア領にも一応四季があり、これから少しずつ暑くなっていく。といっても日本のような湿気はなく快適なものだ。秋冬ものすごく寒くなることはなく、一年を通じて過ごしやすいのが「常春」と言われる所以（ゆえん）なのだろう。

じりりと強くなった日差しに、アメリアは目を細めた。


ガーデンテーブルの上に、朝、ミアが持ってきてくれた牛乳、卵、更に先日バイオレットが買ってきてくれた砂糖を用意する。

それと、井戸水を汲んだ桶と塩。これが肝だ。

「アイス、作るぞー！」

気合を入れるべく両手を振り上げると、遠くにいる監視の騎士に驚かれてしまった。は、恥ずかしい。

そう、アメリアが作ろうとしているのはバニラ……ではなく、シンプルな牛乳アイスだ。

もちろんこれに生クリームやらバニラエッセンスやらが加われば立派なバニラアイスができるのだが、そんなものはない。しかし、これはこれで昔懐かしい素敵なアイスが出来上がるのだ。

「ふふふふ～ん。楽しみ～」

工程もシンプルなもの。ボウルに材料を入れ、混ぜて、冷やす。これだけ。

しかし物資や設備が不足していると、これがなかなか難しい。混ぜる工程一つ取っても泡立て器すらないので、原生していた竹を切り出し、作ってみた。ヘラや菜箸で混ぜても良いのだが、泡立て器だとよりなめらかに出来上がる。結果、茶筅（ちゃせん）のようになってしまったのはご愛敬（あいきょう）。ないよりはいい。更に、よりなめらかさを求めてアイス液を漉（こ）そうとしたが漉し器がなく、茶漉しでチマチマ漉したりもした。

「〝冷凍（フローズン）〟」

呪文を桶に向かって呟くと、桶に張った井戸水がビキビキッと音を立てて一瞬の内に凍っていく。

「〝物質強化（ストロングマテリアル）〟！　うりゃうりゃうりゃぁ！」

持っているフォークを〝強化〟し、一面の氷に突っ込んでいくと、あっという間にクラッシュ氷の完成だ。強化しないとフォークが捻じ曲がるので、〝強化〟大事。アイスピック買おうかな……いや、魔法で何とかなるならいいか。お金がもったいない。

そう、アイスを作るにあたって一番難航したのが冷やす工程だった。何といっても冷凍庫がない。そこで思い出したのは、前世の理科の実験――氷に塩を入れると温度が下がる例のアレだ。そういえば、そんな料理動画を見たことがあったな、と記憶を探る。

この氷と塩に辿り着くまでは、失敗の連続だった。

木箱を作って氷を入れ、簡易冷凍庫を作成してみたが、ただ冷やすだけならともかく「凍る」までいかず断念。氷をクラッシュせずに氷の塊の中にアイス液を入れておいたら、カチカチになりすぎて失敗。じゃあ砕こうと、氷に向かって「〝砕く（クラッシュ）〟」と呟いたら、桶ごと壊れてしまった。

こうしてデュボア一年目の夏は試行錯誤の繰り返しで、ようやくアイスを作り上げた時の感動といったら……懐かしい思い出だ。

「何だい？　これは」

思い出に浸っていたアメリアの後ろから、突然、男性の声が響く。

「えっ……!?」

氷を砕くのに集中しすぎたかもしれない。驚いて振り返ると、銀髪の知らない男性が立っていた。

人形のように整った優し気な顔立ち。青銀とでもいうのか、珍しい髪色が陽光を受けて輝いている。

「奥様！　この方、いや、この者はそのっ……」

いつもの騎士たちも慌てて彼を追って来ている。どうしたのだろう。

「??　え、えっと……どちら様でしょうか？　新しい騎士の方ですか？」

後ろの騎士たちと服装が違うようだが、新入りで間に合わなかったのか、それとも階級が違うとか。どちらにしろアメリアには細かい服装の違いなど分からない。

銀髪の男は一瞬驚いたようにその深藍の瞳を見開くも、すぐに柔らかく微笑んだ。

「……ええ、奥様はじめまして。今日付けでデュボア騎士団に配属されましたジェ、」

「ご、ごほごほごほっ！　そ、そうなんです、奥様！　この者は新入りで、あの、ご挨拶に、そのっ……」

「？　それはご丁寧にありがとうございます。はじめまして、アメリア・デュボアと申します。よろしくお願いいたします。突然のことで、こんな格好で申し訳ありません」

こちとら地面に直置き(じかお)した桶と格闘していたのだ。土で汚れたスカートを払い、慌ててカーテシーをする。

「なるほど……これがレアンドルの……」

「え？　あの……？」

銀髪の騎士はアメリアには届かない声で何事かを呟き、興味深そうに上から下まで観察するように視線を滑らせる。なんだろう。少し気味が悪い。

するとアメリアの訝(いぶか)し気な空気が伝わったのか、彼は再び優し気な微笑みを張り付けた。

「……お気になさらず。ところで、これは何ですか？」

「砕いた氷ですが」

「何に使うのですか？」

「アイスクリームを作ろうかと」

「アイスクリーム？」

伝わらなかったので説明すると、どうやらこの世界では「氷菓」というらしい。まさに中世というカンジだ。

「しかし私が知っている氷菓とはだいぶ違うような……。まぁ王都はここよりだいぶ北なので氷菓自体をあまり見ないし、何とも言えないのですが」

「そうなんですね」

確かに王都やもっと北のガーランド領では氷の食べ物は見なかった気がする。台詞から察するに、この新人騎士も王都からやって来たのだろう。

「あの、氷が解けてしまうので、そろそろよろしいでしょうか」

「あぁ、失礼。どうぞ、続けて下さい」

そう言うと、いつものように騎士は去っていく……かと思いきや、にこりと微笑み、アメリアの少し後ろから覗いてきた。ん？　なんこれ？

「あ、あの、騎士様……？　私に近づいてはいけないのでは？」

「そうなのですか？　私は何も聞いておりませんが。何分新人なもので」

「……」

そう言い切られてしまうと、こちらとしては何も言えない。別の騎士に視線を送ってみるも、皆、諦めモードだった。

えー、こんな規律を乱す人が騎士団にいていいの？　デュボア騎士団、大丈夫？

とは思うものの、騎士団のことなどアメリアが心配しても仕方ない。急がないと氷が解けてしまう。進めよう。

「何故、氷に塩を入れるのですか？」

銀髪の騎士は後ろからしれっと質問してくる。

「これは、より温度を下げるためですよ」

「？」

やはり伝わらない。

「えーと、『溶ける』って固体から液体に変わることですよね？　その時周りから熱を奪うんですよ。それが『冷える』ってことです。氷が水になる時に熱が奪われ、塩がその氷水に溶ける時も熱が奪われて、二つの『溶ける』現象が、えっと……」

凝固点降下という現象だが、いざ説明しようとすると難しい。何とか前世の理科の授業を思い出して説明を繰り出すも、バリバリ文系だったアメリアにはこれが限界だ。それでも銀髪の騎士はとりあえず「なるほど」と頷いている。つたない説明でゴメン、許して！

「それで、そこのクリームのようなものを冷やしていく、と……ん？　奥様は魔法が使えるんですよね？　桶の水を凍らしたように、このクリームも直接凍らせれば良いのでは？」

「私では魔力のコントロールが微妙で、固まりすぎて氷になってしまうんですよ。アイスクリームというのはもっとなめらかな……まぁ、とりあえず見てて下さい」

大きめのボウルにクラッシュ氷を敷き詰め、アイス液の入った小さいボウルを氷に埋める。

「〝身体強化（ストロングボディー）〟」

いよいよ本番。体に魔法をかけ、高速で例の茶筅のようなものを動かすと、一応簡易電動……ではなく、魔動？　泡立て器だ。

「おぉ！　固まってきましたね！」

普通にかき混ぜても問題ないけれど、混ぜる回数が多ければ多いほど早く固まるらしい。泡立て器が重くなってきたら木ベラに持ちかえて、固まりをボウルから剥がすように混ぜていく。すると、あっという間に牛乳アイスクリームの完成だ。

「んっ、美味しい！　うまくいったみたいです」

木ベラについた欠片を味見がてらペロリと舐めると、口の中に濃厚な甘みが広がる。今回は卵黄のみを使ったので、色は黄色みが強く味が濃くなったようだ。

「それを……今から食べるのですか？」

「はい。そのために作ったので」

全部は食べきれないからミアにとっておこう。夕方にまたやって来るから、簡易冷凍庫として作った木箱に入れておけば保存くらいはできそうだ。

ミアは初めて作った時の試作品も美味しそうに食べてくれたから、喜んでくれるだろう。ウキウキと木箱を取り出し、氷を詰めていく。そんなアメリアをじっと見つめ、銀髪の騎士は呟いた。

「……私も食べたいのですが」

「は……？」

「私もアイスクリームなるものを食してみたいのですが」

「え、いや……私からの差し入れは受け取らない規則と聞いているので、流石に……」

アメリアがやんわり断ろうとした瞬間、銀髪の騎士から後ろの騎士たちへ鋭い視線が飛ぶ。しかしそれも僅か一瞬で、アメリアには知る由もない。

「……っ、お、奥様！　今回は特別ということで！　し、新人ですし、歓迎？　の意を込めて！」

「……⁉」

新人なら尚更厳しくしないとダメなのでは……？

「ほら、先輩たちもこう言っていることですし」

なんか偉そうだな？　もしかしてお偉いさんの御子息がコネで入団したとか？　めんど……。

そうして、アメリアのモヤモヤは華麗にスルーされ、何故か騎士たちが率先してテーブルと椅子をセッティングし、お茶会のような様相を呈してしまったのだった。


「！　これは美味……！」

一口スプーンを口に運んだ銀色の騎士は、思わずといった風に唸った。

「何ですか、これは！　牛乳の新鮮な甘みと卵のコク。しかし冷たく、後味はスッキリとしていて、いくらでも食べられそうだ！」

食リポ完璧だな。

ディッシャーなどもちろんないので、お湯で温めたスプーンを使いシャレオツに盛り付けたのもお気に召したようだ。クネルというらしい。器は残念ながら木皿だけど。

「本当はガラスの器が良かったんですけどね。それに生クリームやバニラがあればもっと本格的な味になりますよ」

「なに⁉　これ以上美味しくなるのですか⁉」

「それは好みによりますかね。デュボアの新鮮な素材の味を感じられるので、私はこれも好きです。あ、まだお腹は大丈夫ですか？」

せっかく氷を作ったのだからアレも作りたい。

「何です？」

「先ほどお聞きした氷菓を作ろうかと。かき氷っていうんですけど、簡単なんでちょっとお待ちいただければ……。〝削る〟」

木のお椀に盛った氷に魔法をかけると、かき氷の形状になった。

「ほぉ、繊細な魔法ですね」

「いえいえ、下の方をよく見ると、お椀も少し削ってしまって。お恥ずかしい」

木片が氷に混じってしまっている。やはりアメリアではコントロールがイマイチだ。器もダメにしてしまったし、別のやり方を考えた方がいいかもしれない。

木片と混じっていない上の部分を別のお椀に移し替え、作っておいた木苺のシロップをかける。

「「「おぉ……！」」」

騎士たちの感嘆の声が響く。

先日、木苺のジャムを作ったのだ。林に木苺が群生しているのを見つけてからずっと作りたかったので、バイオレットから届いた物資の中に砂糖を発見して小躍りしてしまった。シロップはその派生。ジャムに砂糖と水を加えて温め、粗熱を取って冷やせば完成だ。

「美しい……！　まるで雪山が紅葉しているようではないか……！　ん⁉　ふわふわだぞ⁉　氷菓はもっと粒が大きくザラザラしているはず……」

それはグラニテとかグラニータとか呼ばれるものだろうか。柑橘類を使うイメージがあるが、林にあるなら作ってみたい。〝冷凍〟の魔法で作りやすそうだ。

「いや……素晴らしい。それに、この冷たい紅茶も驚きました」

そう、バイオレットをもてなす時は温かい紅茶だが、今回は趣向を変えてアイスティーを出してみた。やはりグラスなどはなく、木を切り出した不格好なマグカップなのだけれど。

この世界では紅茶を冷やして飲む文化がないらしく、銀髪の騎士も後ろで控えている騎士たちも驚いている。

「単に冷えた紅茶というわけではなく、氷でキリリと冷えているのが大変美味です。これから暑くなるデュボア領では良い飲み方ですね」

「氷で薄まってしまう分、少し濃く淹れるのがコツですかね。果汁を入れても美味しいですよ。レモンとかオレンジとか」

「なるほど。はぁ、こんなにたくさんの種類の氷を……何とも贅沢な気分になりました。ありがとうございます」

「え？」

「贅沢」の意味が分からず目をパチクリさせると、銀の騎士は曖昧に笑み、説明してくれた。

「氷の魔法を使える者は多くはないですし、氷を作ったとして、保存するにも大がかりな魔道具が必要になる。冷凍の魔道具は高価で、それを買えない商人などは肉や魚の運搬にまだまだ氷を使っているのですよ。それを食そうとは、なかなかならない。平民は特に」

「……そう、なのですね……」

そうだ。確かにガーランドの厨房にも冷蔵庫、冷凍庫はなかった。いや、あったのだが、家計が困窮し売ってしまったのだ。高価で維持費も高く、真っ先に売られた気がする。使用人がアメリア一人になってからは魔法で何とかしていたけれど、魔法を使えない、冷蔵庫も買えない人たちはどうしているのだろう。

転生してだいぶ年月が経ったというのに、アメリアの世界は狭い。知らないことばかりだ。

「……騎士様は、平民の暮らしを知っているのですか？」

「……平民に興味が？」

騎士は質問には答えず、質問で返してくる。

「……どうでしょうか」

「……なるほど」

一応辺境伯夫人であるアメリアが、ここで肯定することはできない。

いつまでこのスローライフが続くのだろうか。思いのほか居心地が良く、「出ていけ」と言われないのを良いことに、お言葉に甘えて小屋に住み着いてしまっている。

サァッと一陣の風が、アメリアの金色の髪を揺らす。

――そろそろお暇(いとま)の時期なのかもしれない。

辺境伯が野盗団に勝利し凱旋(がいせん)したとの報は、こんな城の端っこにいるアメリアの耳にも届いている。

この縁談は元々リリーに持ち込まれたもの。長らく空けていた城に、騙し討ちのように押しかけた姉が住み着いていたら……辺境伯も面白くないだろう。

追い出されてガーランドに送り返されるのだろうか。……嫌だ。あんな搾取される生活、もうコリゴリだ。

何とかお願いして、どこかに放逐してもらおう。行く当てなどもちろんないけれど、前世だって平民だ。どうとでもなる。バイオレットやミアにこの世界の平民の暮らしを聞いておかねば。

ふと、言い争う声が耳に入り我に返る。

何やら遠くの木々、いつも騎士たちがいるあたりが騒がしい。

「……どうやら迎えが来てしまったかな」

その呟きは、やはりアメリアには届かない。

「そろそろ失礼します。大変珍しいものをごちそうさまでした」

「？　いえ、お粗末様でした……？」

突然立ち上がった男は、最後までマイペースだ。

「……奥様、」

礼をして去っていく背中を見つめていると、男はおもむろにこちらを振り向いた。

「ここでの生活も悪くないと思いますよ。奥様を大事にしてくれる者も、近くにいるかもしれない」

「は……？」

予言めいた言葉を残して、男は今度こそ歩き出す。

「ホント、なんなん……？」

その疑問に答えてくれる者は、もちろんいなかった。

＊＊＊

「いやぁ、興味深い女性だねぇ」

場所は移り、デュボア辺境伯本城、当主の執務室。

素朴な家具はどれも古いがきちんと手入れされ、デュボア家の質実剛健さがそのまま体現された部屋だと、青銀の髪の男はいつも思う。

「……ジェラルド、勝手に来られては困る」

ソファで優雅にその長い足を組む男に、レアンドルは苦言を呈した。


外出先のレアンドルのもとに一報が入ったのは、一時間ほど前。

視察を切り上げ、慌てて城へ戻れば、友人でもある王太子が自分の妻とお茶をしていた。

何故だ。夫であるレアンドルでさえ、お茶はおろか、話したこともないのに。

「……どういうつもりだ、ジェラルド」

「ははっ、ゴメンゴメン。レアンドルが珍しく女性に入れ込んでいるようだから、気になってね」

「入れ込んでなどいない」

「まぁ、そういうことにしとこうか」

先日、何か企んでいるようであったが、これだったか……。レアンドルは大きくため息を吐く。

「お前、王太子という自覚はあるのか」

「ふ、久し振りに聞いたね、それ」

「……王太子がほいほい辺境になど来るな。お前のことだから周りも撒いてきたんだろう？　王宮には連絡を入れたからな」

肩をすくめて「はいはい」と返事をしているが、分かっているのかいないのか。レアンドルが釘を刺すようにギロリと睨むも、ジェラルドはどこ吹く風だ。

「面白い女性だね」

「は？」

「アメリア嬢だよ」

レアンドルの視線が一層鋭くなる。

「ふ、誤解しないでくれ。別に恋愛云々ではないさ。私のことは分からないのに、どこで学んだのか、きちんとした教養はある。彼女、学園にも通っていないはずなのに不思議だと思ってね」

「デビューもしていないようだから、王太子を見る機会などなかっただろう」

王太子の婚約者選びに引っかかれば、もっと幼い頃にジェラルドを見る機会もあったかもしれない。

一応、婚姻の規則として階級差二段階まで認められている。「真実の愛」などと言って、それを捻じ曲げる輩は山ほどいるので「一応」ではあるが、王族だと侯爵家くらいまでが建前として望ましい。伯爵家、しかもガーランド家では候補にもならない。

その事実に何故かホッとする自分がいる。

アメリアの幸せを願うなら、こんな仕打ちをした辺境伯領にいるより王族に見初められた方がよほど幸せになれるのは分かっているのに……、この気持ちは何なのだろうか。

「嘆かわしいね。デビューも学園に通わせるのも貴族の、いや、親の義務だというのに。しかし、そのような環境だったからこそ自由な発想ができるのかな。いやはや、あの料理は素晴らしかった」

「料理……」

先ほどの光景が蘇り、こめかみが引くつく。

何故、妻の料理を夫であるレアンドルより先にジェラルドが食しているのか。しかも何やら親密に言葉を交わしながら。

「レアンドルはアメリア嬢の氷菓を食べたことはあるかい？　美味なのはもちろんだけど、作り方が非常に興味深い」

あるわけない。まだアメリアと話したこともないのに。

それが分かっている悪友は、いよいよ口元を隠しもせずニヤニヤしている。

「……お前、決められた者が作った食事しかできないはずだろう」

「はは、まぁね。でも毒に耐性は持っているし、そもそもアメリア嬢が毒なんか盛るわけないだろう？　私が誰だか分からないのに毒を盛る利点がない」

「それはそうだが、そういう問題じゃ……」

「ふっ、素直に妬いていると言えばいいじゃないか？」

「！　違っ……」

勢いよく立ち上がった拍子にテーブルにぶつかりガタンと鳴る。波打った紅茶がカップからこぼれソーサーに円を描くも、ジェラルドはそれも慣れっこと、気にせずカップを口に運んだ。

「……まぁ何にしろ、急いだ方がいいかもしれないね」

「……なに？」

上から見下ろした男の顔は、いつになく真剣だ。

「羽は、風が吹けば自由に飛んでいってしまう……ってことさ」

「……それはどういう……」

「ちょっとー！　ジェラルド!!」

突然、執務室のドアが開き、緑髪の男がズカズカ入ってきた。

「早かったな、リュカ」

怒れる魔術師に対して、王太子はどこまでも冷静だ。それがますます怒りを誘う。

「君が出奔する度に、なんで僕が転移ゲートに魔力充塡して迎えに来なきゃならないのさ！　いちいち呼び出される身にもなってよ！」

ドアをチラと見ると、案内してきたらしいクレマンも顔を出す。

「申し訳ありません。ノックしようとしたのですが……」

「良い。どうせリュカが突破したんだろう」

魔術師たちが複数で魔力を込めて、やっと一回使えるという転移ゲートだ。ジェラルドを迎えに来るのに早急に魔力が必要になると、魔力量が多いリュカがその度に呼ばれるのだろう。

ぶつぶつ小言を繰り出していたリュカが、「あ、そういえば」と不意にレアンドルへ視線を寄越した。

「そういえばレアンドル、アメリア嬢の監視、どうする？　もう必要ないでしょ？」

「……」

確かにもう必要ない。二年もの間、特段怪しい動きはなかったし、何よりアメリアが悪女でないことはもう分かっている。

しかし――。

「……リュカの方で問題なければ、もう少し続けてほしいのだが」

「大した魔力も使わないし僕はどっちでも構わないけど、でもなんで？　……はっ、もしかして僕のこと体のいい護衛とでも思ってる⁉」

「……」

「ぶっ、あはははは！　リュカ使われてるな！」

「それはジェラルドもでしょ！　もー二人とも！　僕は便利屋じゃないんだからね！」

更に怒れる魔術師の大声が執務室に響いた。

いつもの張り詰めた空気が嘘のように、執務室は賑やかな声で満ちている。

おそらく彼らの学園生活も変わらず、このような関係だったのだろう。

部屋の隅でクレマンはひっそりと控えながら、心が温かくなるのを感じていた。

クレマンをはじめとした騎士団上がりの古参の使用人たちは皆、レアンドルが幼い時分よりその成長を見守ってきた。

自分たちが敬愛し仕える当主、常に冷静沈着な「漆黒の麗人」、「黒の国境の番人」は、剣術は元より学業、そして見目も何もかも完璧。しかし完全無欠故か、どこか堅物で物事を冷めた目でしか見ない当主を皆心配していたのだ。

生涯、友人などできないのではないか——。

そんな思いとは裏腹に、こうして言いたいことを言い合える生涯の友を得て、主は少しずつ人間として成長している。

あとは——。

窓の外の、敷地の端に広がる森林を見つめる。

自分の未熟さ故に、許されないことをした。それでも、レアンドルにやって来た遅すぎる春が叶うことを願ってしまう。

クレマンは、己の内に刺さる罪の杭がギリギリと音を立てるのを感じていた。

＊＊＊

今日も今日とて。

レアンドルは木の陰からアメリアの生活を盗み見……んん、見守っている。

毎日毎日訪れる当主を最初は驚き、その内気味悪気に見ていた騎士たちも、今は生温かい目で若き当主の恋路を見守っているのをレアンドルは気付いていない。

「旦那様、このように連日……。そろそろ奥様に会われてはいかがですか」

「そう、だな……いや、うん……」

騎士の助言もいまいち届かない。こうして毎日毎日、同じ会話を繰り返し日々が過ぎていく。

レアンドルとてこれでいいとは思っていないけれど、なかなか一歩が踏み出せずにいた。

「……今日は忙しそうだな」

遠くでアメリアがバタバタと忙しなく動いている。

いつもの洗濯を終え、ミアから食料を受け取り、朝食の支度をしているのかと思ったら、すぐに隣の森林へ入っていった。

しばらくすると森林の一部がポオッと金色に光り、彼女の魔力が動く気配がする。そして、ごそごそと音を立てて折れた木の幹を担いだアメリアが小屋に戻ってきた。先ほどの光は〝身体強化〟の魔法だったらしい。

「……なんだ？」

「昨日雨が降りましたから、どこか雨漏りでもしたんですかね。ここのところ雨続きですから修繕を急いでいるのかもしれません」

二年前から修繕を続けてはいるが、なにぶんアメリアの素人仕事だ。時折こうしてボロが出て、やり直しをしているという。

再び手が光り、猛然と幹を鋸で切り分けだした。聞けば、当初は手刀で無理やり木を割っていたようだが、日に日にボロボロになっていく彼女の手を見かねた騎士が工具を差し入れたらしい。

手刀……。

何故、何も言わず、何も求めないのだろう。どういう扱いを受けていようがアメリアはれっきとしたレアンドルの正妻だ。求めれば工具でも食事でも与えられるだろう。

そんな妻は、出来上がった板を魔法で乾かし、それを纏めて肩に担ぐ。やはり騎士が見かねて作ったという梯子を上り、屋根を修繕し始めた。

「女性があんな……。お前たちは手伝わないのか？」

「話すな、関わるなと……上からの命令で……」

「……」

眉を下げる騎士たちの視線が痛い。「上」とは、お前だろう？　と目が語っている。

実際はレアンドルの意図を汲み取ったクレマンが命令したのだろうが、丸投げしたのはレアンドル自身だ。責任は当主であるレアンドルにある。

屋根の上では、先ほどから何度も金色に魔法が光る。〝身体強化〟していると思われるが、かけすぎではないか？

そう言うと、こんなことは日常茶飯事なようで、アメリアは何かにつけ〝身体強化〟頼みらしい。

確かに女性一人でこんな境遇になれば、それも無理からぬことだけれど……。

「魔法の使い方も独学のようで、おそらくご自身の魔力も魔法も見えていないと思われます。だから木を切るにも釘を打つにも、いちいち魔法をかけているようで、こういう日はおそらく……あぁ、下りてきましたよ」

屋根を直し終わったのか、ふらふらした足取りでアメリアが梯子を下りている。顔が青い。歩く元気もないのか、そのまま家の外壁にもたれかかり座り込んでしまった。

「やはり魔力切れですかね」

何でもないように騎士は言う。

「な……っ！　お前たち、あんなになっても助けないのか⁉」

「私たちでは主の奥様に触ることはできません。よほど命の危機にあるなら別ですが、普段はかけ布団代わりに布をかけるくらいで精一杯です。それに一度お助けしたことはあるのですが、奥様自身に、今後このような時は放っておいてくれと言われてしまいまして……」

「！」

騎士の優しさに甘えて、後でその騎士が罰せられたら――普段のアメリアを見るに、そんな風に考えたのだろうか。

「だが……しかし……」

ぐったりと目を瞑（つむ）った彼女は、気を失っているように見える。その内魔力が回復すれば自然に目が覚めるから問題ないとでも思っているのだろうが、それまで女性が、あんな風に外で野ざらしなのを放っておくことなど到底できない。

「っ、俺が……俺が行けば問題ないだろう⁉」

「旦那様！」

思わず彼女のもとへ駆け出していた。夫であるレアンドルなら触れても何ら問題ない。

駆け寄っても彼女が目を開くことはなかった。

「アメリア……」

そっと抱きかかえると、その体は驚くほど小さく軽い。

小屋の中へ入り、今にも壊れてしまいそうな体をそっとベッドに寝かせる。

確かに、仮に騎士がアメリアを介抱したとして、侍女もいない密室であるこの小屋に、男の騎士が入ることなどできない。

ミアがいればまだ大丈夫なのだろうが……いや、それでも……。よし、女性騎士を手配することにしよう。そうしよう。

「……ん、ぅ」

アメリアの口から苦しそうなか細い声が漏れる。台所に井戸水が張られた桶があったのでコップに入れ、寝ている彼女の上体を起こして飲ませるも、起きる気配はない。

台所には作りかけの朝食があった。作っている途中で雨漏りに気付いたのだろうか、天井に雨漏りの跡であろう大きなシミが見える。空腹で魔力を使えば倒れるのも無理はない。魔法は力の消費が激しいため、リュカなどあの細い体で馬鹿みたいに食べるのだ。

しかも、ミアが運んできた食料……これは一食分か？　まさか一日分ではあるまいな？　どちらにしろあまりに少ない。料理長に命じてこっそり量を増やそう。余りが多くなったとでも言えばミアもアメリアも疑わないだろう。

彼女の魔術の賜物か、小屋の中は狭いながらも清潔に整えられている。手作り感溢れる硬そうなベッド。釘が飛び出ていて危険な上に、軽いアメリアならともかく、レアンドルが横たわれば一瞬で壊れそうだ。

他に何か……手助けできることはないだろうか。直接聞いても、おそらく彼女は何も言わない。

「だから！　早く謝って城に住まわせればいいだろ！」――そんな悪友たちの言葉が幻聴となって耳を責め立てる。

それが最善なのは分かっているが、しかし、この状態で招いたところで……どうなのだろう。相当警戒されはしないだろうか。

――話がしたい。彼女の声が聞きたい。言葉を交わしてみたい。

何か困ってはいないか。何か欲しいものはないか。遠くから見た限りでは一応楽しそうに生活していたけれど、話すことができれば、それとなく彼女の希望も見えてくるのではないか――。

そうして悩みに悩んだレアンドルは、周囲の考えも及ばない斜め上の行動に出たのだった。

＊＊＊

「こんにちはバイオレットさん。今日約束してましたっけ？　あら、そちらは？」

騎士が声をかけると、小屋の中から朗らかな笑顔が覗いた。

「こんにちは奥様。突然申し訳ないです。えぇと今日は……近くに来たので差し入れと、こちら、えーと……最近、雑用係として社に入った新人なんですけど、これから度々同席するかもしれないので、ご紹介がてら伺いました」

そんな、しどろもどろなバイオレットの説明に、アメリアは新緑のような瞳をパチクリと瞬かせる。


数時間前。

レアンドルは街に降り、とある出版社を訪ねていた。

「失礼。バイオレット嬢は在席だろうか？」

突然現れた辺境伯に社内が騒然となったのは無理もない。

慌てた局長が個室を用意してくれ、護衛の騎士と共にしばらく待っていると、紫髪の女性が現れた。

「私がバイオレットですが……へ、辺境伯様、本日はいったいどういったご用件で……」

「君が妻のところへ来ている編集者か？」

「は、はい。そうですが……何か……」

バイオレットが身構える。

レアンドルの妻に対する仕打ちを彼女は知っているのだろう。苦情……で済めばいいが、何か出版社に圧力をかけるのではと警戒しているに違いない。

しかし、そうではないのだ。

「妻に会う時、私も一緒に連れていってほしい」

「……は？」

「もちろん私と分からないよう変装はする」

「⁇　えぇと、『もちろん』の意味が分からないのですが……。理由をお伺いしても？」

「……」

言いたくない。

「お前の妻なのだから勝手に会えよ」という視線を感じるが、話はそう簡単ではないのだ。

最初、ジェラルドのように騎士に扮してアメリアに会いに行こうとしたレアンドルであるが、「話すな、関わるな」と騎士に命じているのはレアンドル自身、と思われているわけで。上に立つ者が率先して命を軽んじるわけにはいかない。

しかし、今のアメリアと会って話ができる人物は限られている、というか、ほとんどいない。そこで唯一外部から出入りしてアメリアと自然に話をしている人物、バイオレットに白羽の矢が立ったのだった。

会って話す――そんな夫婦なら当たり前のことさえ、今はこんな遠回りをしないと叶わない。それも全て自業自得なのだから救いようがない。

レアンドルが無言でいると、察したのかバイオレットは渋々了承の意を示した。こちらの圧に屈した、とも言えるが。

　そうして、変装したレアンドルにバイオレットは絶句した。

「……いやっ……あの、いやいやいや……辺境伯様、貴族オーラ駄々漏れなんですが。出版社の者を装うならもっと地味に……」

　白シャツに紺のズボン。確かに派手ではないが、シンプル故に服の品質の良さが際立つ上に、レアンドルの背の高さスタイルの良さ、そして何より武人としての素晴らしい筋肉が丸分かりなのだ。

「そうか？　地味すぎるくらい地味だと思うが」

「いやいや、どう見ても貴族のお坊ちゃんですよ。地味というかもっとモサくしないと！　ちょっと誰か、おっちゃんが着てたダルダルの服持ってきて――――！」

「おっちゃん……」

「あとその黒目黒髪、ダメですよ！」

「何故だ。別にいないことはないだろう」

「でも珍しいですし、この辺では辺境伯様しかいませんよ。こんなツヤッツヤの髪！　ダメダメ！　誰かおっちゃんのハンチングも持ってきて――――！」

　そうこうして。

　結局、騎士団にいる魔術師に魔法で目と髪を無難な茶色に変えてもらい、レアンドルは今、アメリアの前に立つことに成功したのだった。

突然現れた男にアメリアは困惑して、後ろに控える騎士たちに視線を送っている。

「また新人さんですか……今度は出版社の。えっと……でも、男性ですよね？　多分男性はダメなんじゃないかな……。許可が下りないと思います」

「奥様、許可は下りております」

「え、」

この新人がレアンドルだと分かっている騎士は当然そう答えるも、アメリアはますます困ったように眉を下げた。

「それで後で問題になっても困るので……」

「いつものように外で、騎士様たちの立ち会いのもとなら大丈夫じゃないですか？」

渋るアメリアをバイオレットが説得してくれている。妻はなかなか思慮深いようだ。そういうところも好ましい。

騎士立ち会いならと納得したのか、庭、とも呼べないただの平地に、アメリアはテーブルセットを用意していく。

女性にやらせるわけにはとレアンドルが手伝うと、「ありがとうございます」と微笑まれた。

至近距離での笑顔。破壊力抜群だ。

突然の訪問にもかかわらず、テキパキと食べ物や飲み物がテーブルに並べられていく。

「改めまして、私はアメリア・ガー……違った、デュボアと申します。お名前は？　お伺いしても大丈夫ですか？」

「レァ……レック、と、いう、いや、いいます」

「レックさん。いい名前ですね。よろしくお願いします」

「……あぁ、よろしく、ぅ、ぐぅっ！」

隣からバイオレットの肘鉄（ひじてつ）が脇腹に入った。

ついこの間まで野盗と戦っていた自分に攻撃を仕掛けるとは。やるな、この女。

バイオレットはレアンドルの首根っこを掴むと、耳元でこそこそ小言を吹き込んでくる。

「言葉遣い！　下っ端の役ですよ!?　『レックと申します』『よろしくお願いいたします』ですよ!!」

「……善処する」

難しいな。

目の前のアメリアから再び困惑の視線を感じる。きちんと演じなければ……。

すっかり迷惑をかけている相手——バイオレットはこの状況を誤魔化すべく、必死に話題を探した。

「そ、そういえば！　いつもながら、奥様が焼いたこの不思議な形のパン、美味しいですね。カラスが好むのも分かります」

「ありがとう。フライパンで焼けるパンってこれしか知らなくて。オーブンがないから」

テーブルに置かれているその「不思議な形のパン」。モコモコしていて、一つ一つのモコモコを

千切って食べるようだ。

初めて見るそれを勧められるまま食してみると、ふわりと柔らかく、仄かに甘い。聞けばこれを毎日作っているというのだから、パン屋でもシェフでもないのに驚きの腕だ。

そして何より、アメリアの手作り料理を食せたことにこっそり歓喜する。先日ジェラルドにされた自慢がどうしても許せず、モヤモヤしていたのだ。

次から次へと料理を口に運ぶレックに、アメリアは目を丸くするも、次第にその視線は温かいものへと変わっていく。

「気に入ってもらえて良かったです。パンを膨らます酵母がなくて困ってたんですけど、そこの林で林檎を見つけて。聞いてみたら林のものは何を使ってもいいと許可が下りたので、林檎で天然酵母を作ってみたんです。失敗の連続だったけど、それもまた実験みたいで楽しかった〜」

へにゃりと笑うアメリアに、バイオレットは眉を下げる。

「ホント奥様、変わってますよね。毎日楽しそうで何よりですけど、こんな掘っ立て小屋に住んで……平民の私の家の方が広いですよ」

「あはは！　いいんです、これで。広いと掃除や修繕が追い付かないし、一人で住むなら十分十分。それより、この間バイオレットさんが砂糖を買ってきてくれたでしょ？　そこになってる木苺でジャムを作ってみたんです。パンはもちろん、今日の差し入れのスコーンにも合うと思うんで、ぜひ食べてみて下さい！」

林檎の次は木苺。確かに、この林は有事の際、籠城した時のために様々な食料を植えている。いつ籠ってもいいように騎士団の魔術師に管理させているので、季節関係なく多様な果実が採れるのだ。

「ん、ジャムうまっ。奥様、この生活を満喫してますね～。ガーランドにいた頃は今にも倒れそうで心配しましたけど、最近頬もふっくらしてるし、健康的になって安心しました」

「はは、ご心配をおかけしてごめんなさい。以前は家族の食事を作りながら摘む程度だったし、慢性的に寝不足で……。でも今はたっぷり寝てるし、ミアとバイオレットさんのおかげで食べ物も調達できてるし、本当にこの生活を提供してくれている辺境伯様には感謝しかないです。会ったことないけど」

「……」

そんなアメリアのキラキラした顔に、レアンドルは何も言えない。

――感謝、か。

本来ならもっともっと贅を享受できる立場にいながら、そんなものも……それどころか、貴族として普通の生活さえ彼女は望んでいないのかもしれない。

――「彼女の口から責められ、罵られたら……俺は……耐えられない」

そう言ったけれど、感謝されるのも複雑だ。

何も望まない者に、どうやって償いをしていけばいいのか分からない。

また一つ、心に重しが増えていく。

「……何故、何も言わないんですか？」

「え？」

聞いてみたかった質問をぶつけてみる。

「満足しておられるようだが、あなたは本来もっと敬われる立場だ。この窮状を騎士に言伝することもできたはずです。訴えていたら何か変わったかもしれないのに」

突然口を挟んだレアンドル、いや、「レック」に、アメリアは一瞬目を丸くするも、すぐ思案するように目を伏せる。

顔を青くしたバイオレットが再び肘鉄を入れてくるが、あえて無視した。

「うーん……何というか……ここデュボアの方は真面目で実直だと思うんですね」

「？　はい？　まぁ、そう、ですかね」

そういう領民性だとよく言われる。父もそうだったし、領民も皆、実直さを持って、コツコツとこのデュボア領を発展させてきた……が、それが何だというのだろう。何を言いたいのか分からず、たどたどしい返事になってしまう。

「そんな善良な群れの中に突然敵が入ってきたら、その真面目さで皆、攻撃しますよね。敵だから何をしてもいい。善良な者の攻撃は正当化されます。正当化されると攻撃は苛烈を極めます。戦争もそうなんですけど、そういう集団心理ってコワイですよね……。私の経験上、敵である私が何を言っても聞いてもらえないし、結果、何もしないことが最大の防御だと私は思ってます」

「……」

もう、何も言えなかった。

自分たちがしてしまったことの罪の重さを改めて突きつけられたような気がする。

眉を寄せ、黙り込む「レック」に、アメリアはふふ、と温かく微笑んだ。

「心配してくれたんですね、ありがとう。でも、私には細々した魔法がありますから大丈夫。自分で何とかします。最悪ここを出ていけばいいですしね」

「え……」

ドキリとする。

「働くことは苦ではないので、別の街へ行って住み込みで働けるところでも探そうかな」

「平民になる……ということですか？」

「あはは。今とさして変わらないですよ。別に『ガーランド』も『デュボア』も私には必要ないですから。実際こんな状況なのも、私が自分から出ていくのを期待してってとこでしょうし」

正解だ。彼女のこういった聡いところも好ましい……好ましいが、今はもっと鈍くあってほしかった。

「……」

――「放っておけば嫌気がさして自分から出ていくさ」

そういう意味ではなかったのだ。

嫌気がさせば実家に帰るのだろうと、レアンドルとは関係のないところで再び「悪女」は派手な生活をすればいいと、思っていたのだ。

まさか平民になる覚悟があるとは――いや、覚悟なんて必要ないくらい、アメリアには貴族という地位に未練はないように見えた。

――「羽は、風が吹けば自由に飛んでいってしまう……ってことさ」

先日のジェラルドの言葉が頭に木霊する。

デュボア家の嫡男として、この辺境に縛られている己には、そんな身軽なアメリアが羨ましく感じる。と同時に、いつでも羽のように飛んでいってしまいそうな彼女をここに……自分の隣に縛りつけてしまいたい欲求に苛まれた。

何を思っているのだろう、俺は。この気持ちは何なんだ……。

また薄暗い靄が湧く。

「それなのに居座って逆に申し訳ないっていうか……。でもまぁ、出ていくのもそう遠くない未来かもしれませんね」

「……え？」

レアンドルとは対照的に、微笑む新緑の瞳はどこまでも穏やかだ。

「風の噂で辺境伯様がお戻りになったと聞きました。辺境伯様は妹を見初めて結婚を申し込んだらしいので、代理の私がいつまでもここに居座っているのも面白くないでしょうから」

「……っ、」

違う、と叫びたかったが、堪えた。

確かにそう見えても仕方のない状況だ。しかし「レック」では何も言い訳はできない。

「そうなったとしても、私は奥様を……いえ、アメリア様を追いかけていきますから！」

「バイオレットさん……ありがとう」

何を言い出すんだ、この女。

ギリリと睨むも、バイオレットは素知らぬふりでアメリアと楽しく話に華を咲かせている。

仕方なくため息を吐き遠くを見やると、カラスが林の上を旋回していた。

リュカの使い魔だ。

未だ、この小屋一帯はリュカが施した魔力検知の壁で覆われている。リュカは魔力が馬鹿みたいにあるので、使い魔一匹常駐させるのも苦ではない、と本人も言っていることだし、今はその言葉に甘えるとしよう。

アメリアが気付いている気配はない。先日の騎士が言うように、アメリアは自分の魔力も他人の魔力も見えないのだろう。訓練をしていないのであれば仕方のないことだ。

「あ、カラスちゃんだ！」

アメリアの鈴のような声が響く。

カラス、ちゃん⁉

アメリアが例の手作りパンや野菜のスープなどを地面に置くと、カラスはふわーと降り立って、美味しそうにパンを啄み始めた。

こ、このカラス、生意気にもアメリアの手作りの品を食べているのか！　使い魔のくせに‼

リュカ！　リュカは何をしているんだ⁉

「カラスちゃん可愛い〜」

「⁉」

今度リュカに会った時、一言申さねば——。

そう心に誓うレアンドルであった。

第四章　恋であってはいけない

眼下に広がる城塞都市。

執筆に行き詰まった午後は、決まってアメリアは小屋の屋根に上り、街並みを眺めることにしていた。

「ホントに異世界やなぁ」

デュボア辺境伯の城はどこよりも高く、領都を一望できる高台にあるので、眺めは最高だ。

屋根は赤いものもあれば、青灰色のようなものもある。洋瓦とでもいうのか、日本とは土も作り方も違うから、このような色になるのだろうか。遠くを見れば、二重の城壁と幾つもの塔。そして、城壁の外は緑豊かな畑が広がっている。

「はぁ〜世界遺産みたい……素敵……」

「何をしているのですか？」

あまりの美しい光景にため息を漏らしていると、下から男性の声が聞こえた。

「あれ？　レックさん」

先日、バイオレットと一緒にやって来た新人編集者が、庭からこちらを見上げている。

濃茶の目に濃茶の髪。騎士にもよく見かける特段珍しい色ではないが、顔にかかる長い前髪は、その美しい顔を隠しきれておらず、その上、騎士と並んでも遜色ないほど背も高い。そんな溢れ出るオーラのようなものに、アメリアは飲み込まれそうになる。

「――――」

初めて会った時も、そのイケメンぶりに目が離せなくなったものよな……。

前世日本人の目で見ると、この世界の人々は基本目鼻立ちが整っているけれど、それにしても！

それにしても！　ナニ、このイケメン！

「？　何か？」

「あ、いえ……」

おっとヤバい。あまりに見るものだから、レックから訝し気な空気が。これ以上見ると「悪女」……いや、痴女だな！　マズいマズい！

痴女判定を受ける前に、アメリアはニコリと顔を整えた。

「すいません、今日お約束してましたっけ？」

「いえ、その……、バイオレットじょ……さんの使いで参りました」

「レックさんお一人ですか？　それはちょっと……」

「許可は出て……えー、いただいております」

「そ、そうなのですか……？」

レックの後ろに控えている騎士たちに視線をやるも、ただ頷くばかり。この間の新人騎士といい、最近規律が緩いようだが大丈夫だろうか……って、何故監視対象であるアメリアが心配しなければならないんだ。大丈夫か、デュボア騎士団。

「待って下さい。今、下りま……」

「いや、私がそちらに参ります」

「へ、」

レックは壁に立てかけてある梯子には目もくれず、少し助走をつけると、一瞬で屋根の上まで跳躍した。

「!!?」

ふわりと捲れたダブダブのシャツの下から、編集者とはとても思えない素晴らしい腹筋が垣間見える。

え、ちょ……割れてる！　一瞬でよく見えんかったけど、何個!?　やはりシックスパッ……。

今世はもちろん前世も立派な喪女だったアメリアは、男性の裸などきちんと見たことがない。父、ガーランド伯爵の支度を手伝っていたので、軽く見たことはあるが、ひょろりとしていて、レックのように厚い体ではなかった。

ドキドキと心臓がうるさい。顔が熱い。

ストンと屋根に降り立ったレックは、何事もなかったかのようにこちらへ歩いてきた。

「隣に座っても?」

「どど、どうぞ……?」

このどもり方ー！　これでは本当にアヤしい女……いやしかし、いつも周りにいる騎士だって逞しい体軀をしていて見慣れているはずなのに……。何故レックにだけドキドキしてしまうのだろうか。おかしい。自分で自分が分からない。

「何故屋根の上に？　また修繕でしたら私がやりますが」

「また？」

「あ、いや……よく屋根を直していると、そこの騎士に聞いたので」

そこの騎士って。言い方。レックのそんなぶっきらぼうな言い様にアメリアは笑いを堪える。

「騎士様、ですよ？」

「……騎士、サマ……」

新人故か、レックはまだまだ敬語があやしい。それも初々しくて微笑ましいけれど。

「ふふふ、今日は違うんですよ。執筆が行き詰まると、よく気分転換にここから街を眺めていて」

「街を？　しかし、ここは特段面白いものなどないのでは？」

「そんなことは……」

彼はデュボア出身なのだろう。故郷の良さというものは、外から見ないと分からないものだ。

「王都と違い、劇場や流行り（はやり）のレストランやカフェもない。若い女性が好むような華やかなものは何もないと思うのだが、いや、ですが」

「あはは。確かに妹も同じようなことを言ってましたけど、そんなものより、この景観！　歴史！お金では買えない価値がありますよ。私、こんなに美しいところを初めて見ました」

「美しい？　壁に囲まれたここが？　王都のような煌びやかな建物もないのに」

「まぁ、あれはあれで素敵ですけど、こんなに立派な城塞都市は年月を経ないとできないですよね。歴史の重みを感じます。デュボアは古い領なのですか？」

　そう問うと、レックは極東の王族に由来するというデュボアの歴史を教えてくれた。平民であるレックすら知っていることなのに、一応妻であるアメリアが知らないなんて、不勉強で申し訳ない。

　勉強しようと一度、バイオレットにこの国の歴史やら産業の本はないか聞いてみたことはあるが、どうやらそういったきちんとした本は、王立図書館や学校を併設した教会、また貴族の私邸の書庫にしかないと言われてしまったのだ。

「私の実家も一応貴族ではありますけど、書庫はおろか、本はほとんどなかった気がします。父がちょっとダメな人なので、売ってしまったのでしょうね。この領のことを学んでみたかったんですが残念です」

　そう言って眉を下げるアメリアに、男の濃茶の瞳が僅かに見開かれる。

「……あなたは、デュボアが好きなのか……？」

　間近で見たその瞳は、茶の奥に漆黒が揺らめき、不思議な輝きを放つ。今にも吸い込まれてしまいそうだ。

「ええ、好きですよ」

「こんな仕打ちを受けているのに？」

「仕打ちなんて大袈裟（おおげさ）な。ここは景観も素晴らしいし、食べ物は美味しいし、気候も温暖で、言うことなしです。どうせ劇場や流行りのカフェがあっても私は行けませんしね。色々手違いがあってここに来ましたけど、ラッキーでした」

「……」

レックは唖然として黙ってしまった。

どうしたのだろう。リリーの言うように、辺境とはそんなに若いお嬢さんに嫌われているのだろうか。

自分の故郷に自信が持てないなんて……こんなに素晴らしいところなのにもったいない。

「え、えーと、デュボアは治世もしっかりしてますよね。側仕えの女の子に聞いたんですけど、親を亡くした子どもは教会で引き取って、きちんと勉強も教えてくれるとか。教育も福祉もしっかりしていて、辺境伯様の治世が素晴らしいから、領民の皆さんも安心ですね！」

「……」

あ、あれ？

男はますます俯き、さらりとした茶色の髪がその美しい顔を隠す。

ゴリ押ししすぎただろうか。故郷といっても印象など人それぞれ。もしかして個人的事情でレックはデュボアが好きでないのかもしれない。

「あ、あの……余所者が勝手なことを言って申し訳ないです。聞き流していただいて……」

「領主は、」

「はい？」

「辺境伯は……そんな大した奴ではない、です」

「えっ、ちょちょちょ！　しーっしーっ！」

この人、平民なのにすごいこと言う!!

黙らせようと、思わずアメリアは両手で男の口を覆った。

「ダメですよ！　下の騎士様に聞かれたら大変です！」

「っ……」

レックのモガモガと苦しそうな呻き声に我に返る。ヤバい、窒息させそうだ。

慌てて手を離したものの、レックは顔を真っ赤にして後ずさってしまった。

「ごめんなさい！　力強かったですかね」

「いや……大丈夫、です」

「一応、私は辺境伯様の正妻ではあるんですけど、ご覧の通りの立場なんで、もしレックさんに何かあっても助けられないから……。不甲斐なくてごめんなさい」

「……いえ」

呆れられてしまっただろうか。濃茶の瞳を覗き込むも、ふいと逸らされてしまう。

「……不甲斐ないのは、辺境伯、サマも同じではないですかね」

「え、」

領主批判はまだ続くらしい。ドキリとしたが、とりあえず先ほどより声は抑えられていて、配慮はしているようだ。

「先ほどあなたが言ったようなことは代々の辺境伯がやってきたことで、別に今の当主の功績ではないですし……まぁ、若くして辺境伯などという地位に就いてしまったから、まだまだ至らぬ点が多くある……らしいですよ」

「そうなのですか？　私の故郷なんて滅茶苦茶でそれに比べれば……いえ、比べるのもおこがましいくらいですけど、立派に治めていらっしゃいますよ」

「例えば、そうですね……デュボアは広いですから、大きく区切って、それぞれに代官を置いているのですが、その代官との関係もあまりうまくいってないとか……噂で。先代まではしっかりしていたはずの収支報告や事業報告なども曖昧になりつつある、と。やはり当主が年若いと、見くびられるのは確かです」

「曖昧？　嘘や誤魔化しがあるということですか？」

「どうでしょうか……鋭意調査中です。代官の方も多く代替わりしましたし、命を下してもなかなか直らないと。この二年、野盗討伐中で細かいことは面倒で言わなかったら、それを良いことに報告漏れが多いこと多いこと」

なるほど。戦後処理も時間がかかるだろうし、その間はいいやーとか思われているのだろうか。一度サボると人間とはどこまでもサボってしまう生き物だ。分かる。アメリアなど今現在、絶賛人生おサボり中だ。

「先代の時分ならそんなことはなかったはずなのです。やはりナメられているとしか」

「うぅーん……というか、代官側も代替わりしたのなら混乱しているのでは？　でしたら、こちらで書式を設定しちゃうのもいいかもしれませんね」

「書式？」

市や町とでもいうのか、領内の区切られている土地が幾つあるのか知らないが、相当多そうだ。書式が決まっていないなら、逐一細かく報告する代官もいれば、簡単に済ませてしまう代官もいるだろう。バラバラの報告書をいちいちチェックする文官も大変だろうし、ミスも起こりやすい。

「報告してほしいことが決まっているなら、それを盛り込んで書式化すればいいんですよ。その書式を印刷して全ての代官に配り、代官は項目を埋めるだけにすれば簡単だし漏れも少なくなるのでは」

「なるほど……」

「事例もくっつけておけば完璧です」

代官も楽になるし文官も然り。Ｗｉｎ‐Ｗｉｎだ。

レックは何か思案しているのか、遠くを見つめている。

一般市民であるレックが城の仕事を考えるなんて、文官に友人でもいるのだろうか。アメリアでは何ができるわけでもないが、こうして人を介して、少しでもデュボアに恩返しができたらいいな。

「ふふ、若者が政治のことを考えるなんて、やっぱりデュボアは良い領ですね。将来安泰です」

「若者って……私はあなたより年上ですよ」

「そうなんですか？」

「二十四です」

確かに年上だ。まぁ若者には変わりないが。

時折アメリアに対して敬語が外れるのは、アメリアが年下だからだろうか。こちとら前世の記憶もあるから、二十代など皆、年下感覚ですけどね。

三歳年上というと、確か、まだ見ぬ旦那様もそのくらいだったような……て、一生会わないだろうからどうでもいいけど。


それから数週間。

当初バイオレットと共にやって来ることが多かったレックも、新人特有のたどたどしい敬語が消え、自然な敬語が板についた頃には、当たり前のように一人で訪れるようになった。

レックは饒舌ではないものの、いつも落ち着いていて、穏やかで、一緒にいて安心する。

もちろん騎士立ち会いのもとではあるが、二人で会う時間が増えるにつれ彼の存在にも慣れ、警戒心も薄れていった。


「これ、ありがとうございました」

今日もアメリアのもとに、レックが一人やって来ている。

いつものガーデンテーブルの上には数冊の分厚い本。

先日、これらの本を抱えてレックが現れた時は驚いた。勉強したいと言っていたアメリアの雑談を聞き流さず、伝手を使って貴重な本を借りて来てくれたのだ。

「もうよろしいのですか？」

「はい。転写して構わないとのことなので、興味深いところは書き写しました」

「差し上げられなくて申し訳ありません」

「そんなそんな。十分ですよ」

ストラティオン王国の歴史書、風土記、産業をまとめた書。どれも大きく立派な装丁で、バイオレットが王立図書館など大きいところにしかない、と言うのも頷ける。これをもっと安価な装丁にして売ったりしないのだろうか、とも思ったが、平民なら教会にある図書や資料を調べるくらいで十分なんだとか。

「本日は地図を持ってきました。世界地図と王国の地図とデュボアのものです」

「わぁ！　ありがとうございます！　でも、いいんですか？　地図って国防上の機密なのでは？」

「まぁ……そうですね。なのでこれは貸出不可で、転写も厳禁でお願いします。必要な時はまた持ってきますので」

「分かりました」

早速、王国の地図を広げてみる。王都とデュボアはだいぶ離れていた。なるほど、どうりで馬車で半月もかかるわけだ。ガーランドは更に北で、探さなければ見逃すくらい小さい土地だった。

父、ガーランド伯爵に押し付けられて書類仕事をしていたので、ガーランド領の疲弊っぷりは知っている。税金も法律で決められている上限ギリギリで、今、この瞬間も領民は苦しんでいるのだろう。それを知りつつ自分は何もできない。

「ガーランドに帰りたいですか？」

静かなバリトンに我に返る。ガーランド領を見つめていたから誤解されたらしい。

「……いえ、勝手には帰れないですし、帰ったところで私には何も……。ただ、私だけのうのうと生きていて申し訳ないというか……」

遠い土地のことなど知る由もないレックに、つい愚痴ってしまった。情けない。

「別にあなたはのうのうとはしていない。むしろあなたの家族が……」

「え？」

ぼそりと吐かれた呟きはアメリアの耳に届かない。また何か考え込んでしまった男の横顔に、それ以上踏み込むことは躊躇（ためら）われた。

戸惑うアメリアに気付いたのか、レックはすぐに穏やかな表情に戻る。

「デュボアの地図も見てみますか」

「あ、はい」

王国の地図は結構ざっくりしていたが、デュボア領の地図はかなり詳細だった。

領都は城壁に囲まれていて、多方面に伸びる網目のような街道とその先の街また街。そして、とにかく広い耕作地。時折現れる山々。自然と人工物がうまい具合に融合している。

「すごい……。あ、これが隣国との間の森ですね？」

アメリアが指差した先は、例の野盗団がいたという森だ。

「思ったより広い……。辺境伯様、大変だったでしょうね」

「まぁ、時間はかかりました……と、新聞に」

「領主である辺境伯様が自ら討伐されるなんて、領民の皆さんはさぞ頼もしかったと思いますよ」

「……」

やはり、会ったことはないが、治世を知れば知るほど尊敬の念が強くなる。

そんな人物だからこそ、「悪女」が許せないのだろう。

「この遠くの山々はなんですか？」

耕作地とは遠く離れた場所に山々が描かれている。近隣に街も幾つかあるようだが、一帯が隔離されているように見えた。

「鉱山ですね」

「ここが……」

噂に名高い「デュボアの鉱山」。

聞くと、万が一にも採掘時に出る有害物質が農作物の方へ流れたら大変なので、このように隔離された形になるのだとか。もちろん対策はしているとのことだけれど。

「近くの街は全て関係者で構成されています。こちらは鉱夫とその家族、こちらはその加工をする者たち、こちらは鉱山で使う道具などを作る鍛冶(かじ)職人で構成された街などです」

「一口に鉱山といっても、色々な仕事があるのですね」

そう言うと、レックは鷹揚(おうよう)に頷く。

「採掘業は危険なので、問題も山積みで……。しかし早くそれを解決しないと、採掘がままならなくなり、関わる大勢が無職になる」

「そうなんですね……」

確かに、落盤事故は前世でも海外のニュースで聞いたし、採掘されるものによっては肺の病気とか、昔のような悪環境であれば感染症だってあり得る。

「治癒の魔術師を常駐させてはいる、みたいですが、朝から晩まで暗く狭い場所での作業はかなりの重労働で、体を壊して辞めていく者も多い。賃金を上げても、最近は若い者の成り手も減る一方で……と聞きました」

それでも、鉱山だけでデュボア領の収益の三分の一を挙げるのだから、防衛費にお金のかかるこの領は、採掘を止めることはできないのだそう。

また、鉱山で採れるものは何も宝石だけではない。魔石の一大産出地であるこの辺境は、国内外から魔石の出荷を常に急かされている。

魔石はその名の通り、魔力を秘めた石で、魔道具を動かす燃料になる。前世でいう電気やガソリンの代わりというか、何を動かすにも魔石頼みで、デュボアの出荷が止まれば、生活が立ち行かなくなるのだ。

「国有数の大富豪」などと派手な肩書を国内に轟かせているデュボアだが、実際には産業を維持するのも管理するのも大変な努力がいる。真面目で堅実に取り組む領民の姿勢が、自ずと富を生むのだろう。

「朝から晩までっていうのも大変ですね」

「採掘現場はあちこち掘り進んだ大穴の奥ですからね。貨車に鉱夫たちを乗せていっぺんに運びます。出たり入ったりしていると効率が悪いので、一日中籠りきりになるというか」

「いっぺんに？　幾つかの班に分けてローテーション……ええと、代わりばんこにはしないのですか？」

「それでは行き帰りの時間がかかって、生産性が落ちるので」

そうだろうか。

例えば、今まで使っていなかった夜の時間を活用するのはどうだろう。二十四時間を幾つかのグループに分けてローテーションすれば、今よりは各々の労働時間が短くなるのでは。

そう言うと、レックは顔を曇らせた。

「夜間に働かせるということですか？　それは……」

「もちろん現場の方たちの意見を聞いてからだとは思いますが、夜勤は少し賃金を割り増しするとか。ずっと夜勤は体に悪いので、そこは順繰りにしたりとか。まぁ、その割り増し分と貨車の出入りが増えるので、コスト……えーと、経費はかかってしまうのですが……って、ん？　ちょっと待って下さい」

ポケットから原稿の書き損じで作ったメモ帳を取り出し、計算していく。アメリアは小説のアイデアをいつでも書き留められるよう、常にメモ帳と筆記具を携帯していた。頭の中で計算できない文系脳が悔しい……まぁそれは置いておいて。

冷静になって計算してみると、夜間を使ったとしても、今までのやり方の方が生産量が多い。それはそうだ。時間は倍になっても人の数は同じで労働時間は減るのだから。あーもう、文系脳――！

やはり、素人の浅慮。でしゃばったことを言ってしまった。

アメリアががっくりと肩を落とすと、レックの不思議な視線を感じた。

「？　レックさん？」

「あ……いえ、その計算式は……？」

男の視線はアメリアのメモ帳に注がれている。

といっても、そこに書いてあるのはナンチャラ関数とかいう小難しいものではなく、前世ではごく一般的な、小学校で習うお馴染みの縦書きの筆算である。

え、もしかして、この世界にはないのか？　まともに学校に通わせてもらえなかったアメリアには判断がつかない。

「ええと……、い、以前、本で読んだやり方でして……」

「本？　そうですか……なるほど」

「そ、それより、やっぱりさっきの案では、生産量が落ちてしまうのでダメそうです。すいません」

「なるほど」の本意が分からないが、うまく誤魔化せただろうか。話を逸らすと、レックはまた思案するように地図に目を落とす。

「いや、一考の価値はあると思いますよ。鉱山内はずっと照明を焚いているので、夜間に働いたからといって経費は変わらないですし。あと貨車に関しても、全員を乗せないのであれば、小型で良いわけですから魔石の消費が少なくて済む。出入りが増えてもトントンといったところでしょうか」

「経費はそうでも生産量が減っては……」

「やってみないと分かりませんが、人間というのは集中力が続かないものです。現在のように長時間潜ってダラダラやるより、実は短時間の方が成果が上がるかもしれませんよ？」

「そうだといいのですが……」

カランとアイスティーの氷が解ける音が響く。

先日、新人騎士に振る舞った時とは違い、今日はきちんとガラスのコップだ。

監視の騎士から聞いたのか、先日、レックがこのグラスやガラスの器を差し入れてくれたのには驚いた。精巧な細工が美しく、どう見ても高価なそれらをアメリアは最初受け取れないと拒否したのだが、レックは譲らず、気が引けるならと、対価としてアイスティーやかき氷を所望したのだった。

それからというもの、レックが訪れる度にアイスティーを淹れている。こんなものが対価になるのか、よく分からないが。

――不思議な男(ひと)だ。

バイオレットが手に入れるのは難しそうにしていたこれらの貴重な本や地図。借りただけとはいえ、一編集者がどんな伝手だ。しかも、デュボアを嫌いなのかと思いきや、内情に詳しく、何を聞いても的確な答えが返ってくる。

知的で、懐が深く、優しい。アメリアの浅慮な意見を否定せず、少しの雑談も聞き逃さず、この小屋付近から一歩も出られないアメリアの狭い世界を広げてくれるようだ。

見つめると、茶ともいえない不思議な色合いの瞳が瞬いた。

「……どうしました？」

心配の色を含んだバリトンが脳を揺さぶる。

「いえ……」

——この気持ちは、何だろう。

「？　顔が赤いですよ？　具合でも？」

温かい気持ちが湧き上がる。

「だ、大丈夫、です」

何を勘違いしているんだ。レックが優しいのも、アメリアが作家だから、編集者として気を遣ってくれているだけじゃないか。

転生してから、こんなに優しくされたことなどなかったから、絆されただけ。

しっかりしろ！　書類上だけであっても自分は辺境伯の正妻なのだ。

……だから、この気持ちは恋ではない。恋であってはいけない。

何より、このよく分からない世界で、よく分からない存在の自分が何かを求めるなんて……いけない気がする。

——大丈夫。何も期待していない。私は一人で生きていける。

アメリアは生まれたばかりの気持ちに気付かないふりをして、そっと蓋を閉めた。

＊＊＊

——何か、変だ。

今日も今日とて、アメリアとレックは二人で林の中を散歩している。

もちろん少し離れて騎士たちがついて来てはいるが。

「ここにはオレンジがなってますよ」

「あ、本当だ。すごいレックさん。ここのことを知ってるみたいですね」

「っ、いや、私が育ったところと似ているんですよ。森林なんてどこも似たようなものですから」

「そういうものですか」

あんなにアメリアの周囲を警戒していた騎士たちが、男性であるレックと二人きりでももはや何も言わない。彼が持ってくる差し入れの検品もしない。

何故。何故なの。よく分からない。

放逐寸前だから、もうどうでもいいとか？　あり得る。

バイオレットのお使いであるはずのレックが打ち合わせもせず、原稿の進捗（しんちょく）状況も聞かず、アメリアと散歩している。

何だこれ。何なんだ。

「あっ……！」

「！」

モヤモヤと考え事をしていたら、木の根に足を取られた。傾いたアメリアの体をレックが咄嗟に支える。

意図せず彼の懐に飛び込んでしまった。

マズい！　騎士たちもいるのに男性と触れ合うのはマズい。誘惑していると思われる……！

なのに。

……マズいのは頭では分かっているのに、体が動かない。

しがみついて感じるのは、ブカブカの服の下のしっかりとした筋肉。厚い胸板に「男」を意識してしまい、あっという間に顔に熱が集まった。

しかも何かいい匂いするし！　男の人なのに！

「大丈夫ですか？」

心配の色を含んだバリトンに導かれ見上げると、至近距離で美しい瞳とかち合う。瞳を覆う茶色の長く濃い睫毛。瞬く度に音が鳴りそうだ。

「……っ！　だ、大丈夫です！　はなっ、離れて下さい！」

「しかし、足元が危ない」

「離してっ……くださいっ！」

「？　……アメリア、様？」

「！」

肩が跳ねた。

名前を呼ぶなど卑怯だ。きちんとバイオレットのように「奥様」と呼んでほしい。

腕を突っ張り、無理やり胸元から脱出する。

——何かおかしくないですか。周りも——そして、アメリア自身も。

モヤモヤの正体が分からず、ずっとモヤモヤしている。

しかし、決着の日は刻一刻と迫っていた。


「……パーティーですか？」

「えぇ、そうなんですよ……って、え、何これ！　美味しい！」

久し振りにレックと共にやって来たバイオレットは、珍しそうに氷の入ったアイスティーを見つめ、一口、口に運ぶと感嘆の声を上げた。

「本当にこのあたりでは紅茶は冷やさないものなんですね。そのままもいいですけど、先日レックさんがオレンジを見つけてくれたので、アイスオレンジティーにしてみました。オレンジの果汁を搾って……て、そうではなく！　バイオレットさん、パーティーって何ですか？」

「あぁ、そうでしたそうでした。すいません。今度、弊社の創立記念パーティーがあるんですけど、奥様、参加されませんか？」

喉が渇いていたのか、アイスティーを半分ほど一気に飲んだバイオレットが何気なく誘うものだから、アメリアはパチクリと目を丸くする。

「……いやぁ……、それは流石に無理だと」

「許可はいただいています」

アメリアの言葉を遮るように、レックが最近お決まりの台詞を吐いた。そして、後ろに控える監視の騎士に視線をやるも、お約束のように今回も頷くばかり。

——やはり、何かおかしくないですか。

二年前から会っていないが、クレマンはこの現状を把握しているのだろうか。いや、そのクレマンが許可を出しているはず……だけれど。

「まぁどちらにしろ、着ていく服もありませんし」

「こちらで全て用意します。あなたは身一つで来ていただければ」

「いや〜、移動手段もないですし」

「私が馬車でお迎えに上がります。帰りも馬車でお送りします」

「……」

レックによってガツガツ逃げ道が塞がれる。何だ、何なんだ。

「……なんでまた私が」

とうとう空になったバイオレットのグラスに、アイスティーのお代わりを注ぎながら問うと、彼女はニコリと微笑んだ。

「この間出た新刊の評判がいいんですよ。それで、局長が奥様に直接お会いしたいと申しておりまして」

そう、アメリアの小説は以前から固定ファンはいたのだが、今回、レックに貸してもらった本などを参考に、歴史や言い伝えを盛り込んでみたところ、何だか評判が良いらしい。

「このヒーローがヒロインの薬指に指輪をはめる場面なんて、ものすごくロマンチックですよ。市井のごく一部ですけど、告白する時に男性が女性の薬指に指輪をはめるのが流行りはじめていると か〜」

バイオレットが珍しくうっとりと言う。

地方の風習が載った本にそういった記述が出てきたので採用したのだが、薬指というのは完全に前世の記憶だ。

「それに、心の機微の表現が繊細になったというか。恋愛小説として厚みが出た気がしますね。この分だとすぐに増刷が決まりそうですよ」

「それは……ありがとうございます」

——いつからか、レックを思い浮かべて執筆するようになっていた。

レックと語らい、レックと食事をし、レックと街を歩き、……レックに告白をされ、レックに指輪をはめてもらう。薬指に。——物語の中で。

「……っ」

——違う、これは恋ではない。

そう、小説の題材だ。身近にいるイケメンをモデルにして妄想しているだけ。恋愛小説など書いているから、恋愛脳になってしまっているだけ。

現実と物語を混同するなんて。こんな妄想、レックにも失礼だ。

「……やはり、出席は難しいですか？」

アメリアが緩く首を振ったのを勘違いしてか、レックは残念そうに眉を下げる。長い睫毛が伏せられ、その美しい瞳に影が落ちた。

ちょ、やめてー！　その顔、反則！

「あ、いえ……その」

「奥様、実はパーティーの会場、街のビストロなんですよ。小説のヒロイン、食堂で働いてるじゃないですか。前から取材したいって言ってましたよね？」

「まぁ、そうですね……はい」

「王都だと大きいホールを借りて盛大にやるらしいですけど、辺境（ここ）からだと遠すぎて行けませんし、この支局だけでやろうということになって。招待客もウチの編集者と印刷業者くらいで内輪ですし、畏まるほどの集まりではありませんから気楽に参加して下さい。当日はビストロの従業員さんに給仕をお願いしてるので、取材できますよ！」

う……、めちゃくちゃ行きたい。

一応、前世ではアルバイトとして飲食店で働いた経験もあるが、この世界の食堂で働いている女性の声を生で聞いてみたかったのだ。外に出ることが叶わなくて諦めていたけれど。

おそらく、これを逃すともうチャンスはない気がする。

「ほら、奥様がお好きなあのキッシュのお店ですから、料理も美味しいですよ～」

にんまりと可愛らしく笑うバイオレットの策に乗せられているようで……いや、まさしく乗せられているのだろう。何だか悔しい。けれど嫌じゃない。

「うーん……じゃあ、お言葉に甘えて」

自然と了承の意が出た。それを聞いたバイオレットはあからさまにホッとしている。何故。

「奥様、楽しみにしています」

「では、三日後にお迎えに上がります」

ん？　三日後？

しれっとそう宣うレックの声が耳に届いた。

「え、ちょっ、待っ……」

言質を取ったとばかりに、二人は戸惑うアメリアを置き去りにして、颯爽と去っていった。


そうこうして。パーティー当日。

レックは、背後に何人もの女性を引き連れて小屋へやって来た。

「レックさん、その方たちは……」

「ウチの従業員です」

「「奥様、お支度をお手伝いさせていただきます!!」」

出版社の従業員が何故アメリアの支度を手伝うのか？

「え、どういう……」

「さささ、奥様！　お時間がありませんから、お早く部屋の中に！」

「これよりお支度が終わるまで男子禁制ですよ！」

「ひっ……⁉」

女性たちに小屋へ押し込められたアメリアは、あれよあれよという間に裸に剝かれ、ベッドへ転がされた。

「「「さあぁ、奥様！　全身、磨いて参りますね！」」」

従業員の皆さんの顔がこわい。

「よ、よろしくお願いします……？」

そんなこんな。

全身にオイルのようなものを塗られ、こねくりまわされたかと思うと、髪にはヘアパックだろうか、蜂蜜のようなものを擦り込まれタオルでグルグル巻きにされる。

しばらくしてお風呂で全てを洗い流し、乾かした後、化粧をし髪を整えてもらい、着替えをして完成だ。

この世界に転生して初めて化粧をした。もちろんアメリアは化粧道具など持っていない。化粧品や服は元より、靴やバッグ、帽子や手袋、アクセサリーに至るまで、全てレック、というか、出版社が用意してくれたようだ。申し訳ない。

「「「奥様、お似合いですぅ〜！」」」

「はは……、皆さんのおかげです……」

姿見の中に、疲れ果てた女子が一人。

つ、疲れた……。着飾るというのは、こんなに大変なことなのか。リリーたちはよくあんなにたくさんの茶会やら夜会に出ていたな……。

しかも、アフタヌーンドレスというのか、リリーたちが着ていたものよりは、露出も少なくボリュームも抑えめではあるのに、この疲れっぷりだ。

今回は貴族の集まりではないし、それに真昼間だ。そういったTPOを考えてくれているので、まだマシなのだろう。これでコルセットなど巻かれたら死んでしまう。

「ささ、奥様。だん……」

「だん？」

「いえ、レ、レック様が馬車でお待ちですので、急ぎましょう！　おほほほほ！」

従業員に手を引かれ、歩き出す。

そういえば、ここへ来て初めて小屋の敷地より外に出る。庭に出ることはできたのであまり気にしたことはなかったけれど、また一つ、世界が広がるようで、僅かに心躍った。

そして忘れていたが、門まで結構遠いのだった。慣れないヒールでよちよち歩き、やっとのことで馬車へ辿り着いた疲労困憊(こんぱい)のアメリアをレックが迎えた。

「レックさん、お待たせしました。色々と手配をありがとうございます」

「……」

ペコリと頭を下げるも、レックはアメリアを一目見た途端、目を見開き、固まってしまった。

……何かおかしかっただろうか。

といっても、そちらが用意したものを着ただけなので、文句は受け付けないけども。

七分袖の、アメリアの瞳の色に合わせた若草色のアフタヌーンドレスはとても可愛らしく見える。ドレスといってもワンピースに毛が生えたくらいで仰々しくもなく、袖は多少透け感あるレース素材だが、アメリアにも抵抗感なく着られた。

ちりばめられた黒の刺繍がとても繊細で、生地も上質なものだ。固まるとしたらドレスではなくアメリア自身の問題なのだろう。馬子にも衣装、とか？　はーい、文句は受け付けません（二度目）。

レックもいつものダルダルな上着ではなく、小綺麗になっていた。

上質そうな白いシャツに小洒落た紺色のスーツ。胸ポケットに若草色のチーフが挿してあるのがまたお洒落だ。もしかして気を遣ってアメリアのドレスに合わせてくれたのだろうか。

普段は隠すようにわざと緩めの服を着ているようだが、今日はその厚い体軀も長い足も、惜し気もなく晒されていた。

端的に言って、ものすごく格好いい。

まるで知らない男のようで、緊張する。

「……」

「……」

無言で差し出された手を無言で取り、馬車に乗り込む。

全く華美なところはないが、とても広い馬車だ。アメリアがガーランドから来た時に乗った辺境伯家の馬車と同じくらいかもしれない。なるほど、先ほどの従業員の皆さんや、監視の騎士も同乗するなら、これくらいは必要なのだろう。アメリアはなるべく場所を取らないよう端へ寄った。

「？　何故そんな端に？」

「え、」

後から乗り込んできたレックが疑問を呈すと同時に、バタンとドアが閉まる。

「あ、あれ？　私たちだけ？　従業員の皆さんや、騎士様は……」

「……後から来ます。騎士、サマは馬なので」

「で、ですが、二人きりは……」

監視の騎士に車内から視線で訴えると、やはりまた眉を下げて頷かれる。何なん、いつものその頷き！

戸惑うアメリアを他所(よそ)に、向かいに座ったレックが合図を出すと馬車は走り出してしまった。

「あの……」

「は、はい」

心臓の音がうるさい。こんなキメキメのイケメンと二人きりになどしないでほしい。心臓の音が聞こえてしまいそうだ。

「その……ドレス、お似合いです。あまりに綺麗で驚いてしまいました」

「あ、ありがとうございます。綺麗ですよね、このドレス。私こんな立派な服を着たことがなくて、用意していただいて、感謝しています」

「いや……」

斜め前に腰かけているレックだが、馬車は十分広いにもかかわらず、足が長すぎてアメリアの足と触れそうだ。ぶつからないように少し離れようと腰を浮かすと、男の骨張った手がアメリアの手を取った。

「えっ……」

手袋越しの手の甲に、ふにゅ、と柔らかい感触が広がる。

確かに見えているのに何が起きているのか分からない。それが男の唇の感触だと理解するのに少し時間がかかった。

「……っ、えっ……⁉」

レックがアメリアの手に口づけている。

引くことも払うこともできず硬直していると、伏せられていた長い睫毛が動き、揺らめく不思議な色の瞳が上目遣いにアメリアを映した。

「……ドレスではなく、あなたの美しさに声が出なかった」

「っ、」

手が熱い。口づけられた部分が手袋の下でじくじくと熱を持つ。

「……失礼しました」

「え……」

アメリアの手が震えるのを見てか、男の熱がそっと離れていった。

「あまり……女性のことを褒めたことがないので……その、あなたの小説を参考にしてみたのですが、どうやら失敗したようですね。申し訳ありません」

「私の小説？」

「騎士が跪いて、令嬢の手の甲に口づけをして愛を乞うていたので……その、あなたはそういうのがお好みなのかと」

「愛……って、え‼　え⁉」

レックは学習が失敗した犬のようにシューンと肩を落としている。

な、なんだ！　編集者としてお勉強したことを実践してみただけか！　学習能力、高！

中世ヨーロッパ然としたこの世界なら手の甲にキスをするのなんて挨拶として当たり前。もちろん知識として知ってはいたし、そういうシーンも書いてきたけど、実際やられるとこんなに恥ずかしいものなんだな……。

本心でないにしろ男性が女性を褒めるのも息をするように当たり前のことなのだろう。リップサービスというやつだ。前世日本人で、しかも喪女だったアメリアには、あまりにレベルが高い。

「え、えーと、あの……びっくりしちゃって。私、貴族としての礼儀とかも分かってないですし、それに、あのシーンはイメージというか、私の好みとかそーいうことでは……」

「好みではなかったですか」

「え、いや……」

何故畳みかけてくるんだ。めっちゃドキドキしたよ。何なら今も、体中に手の甲からの熱が駆け巡っている。

「嫌、でしたか」

また上目遣いの瞳。濃茶の奥でぬるりと漆黒がたゆたう。

「……嫌……では、ないです」

そう言うと、レックは一瞬瞳を瞬かせ、僅かに微笑んだ――ように見えた。

顔が熱い。男が発する妙な色香に飲み込まれそうになる。

アメリアの中の何かが崩れそうになったその時、馬車が静かに止まり、御者が到着の報を告げた。


会場は品の良いビストロだった。

通りより続く木々に隠された小道を進むと見えてくる、隠れ家のような入口。そのドアをレック、そして監視の騎士と共にくぐれば、意外と広い店内は明るく、既に人で賑わっていた。壁にはワイン棚を囲うように古めかしい絵が大小飾られ、独特の空気を作り出している。

「奥様！　お待ちしておりました」

レックにエスコートされながら店内へ進むと、バイオレットが人込みから顔を出す。

「こんにちは、バイオレットさん。盛況ですね」

「いえいえ、内輪ですから。それより今日は一段とお綺麗ですね。常日頃より奥様はもっと着飾った方が良いと思っておりました」

うんうんと感慨深げに頷いているバイオレットもまた、今日は華やかな装いだ。髪色に合わせた淡い紫のワンピースの裾がふわりと広がり、変わらずきっちりと纏められた髪の毛にも可愛らしい真珠の髪飾りがあしらわれている。

「ありがとうございます。何から何まで手配して下さったレックさんや出版社の皆さまのおかげです」

アメリアが頭を下げると、彼女は何とも言えない微妙な顔になった。

「あー……まぁ、そうですね。主にレックさんが動いてくれた……ようです、はい」

「？」

「そ、そんなことより奥様！　ご紹介したい方たちが！　えーと、あ、いたいた！」

そうしてバイオレットに紹介されたのは、同じく作家として活動をしているという女性二人だった。

「ご紹介しますね。こちらがデイジーさん、こちらがジェシカさんです。お二人とも奥様と同じく弊社から恋愛小説を出版していただいてます」

本当はもっといるのだが、なんせ広大なデュボア領だ。作家はアメリアを入れて、この三人しか集まらなかったという。

はじめまして、と挨拶をしてくれた二人は共に平民なのだそうだ。二人とも茶色の髪で、フリルのついたブラウスにスカートとシンプルな装いだが、とても可愛らしい。

可憐に三つ編みのおさげにしているのがデイジー。対して、ジェシカは肩ほどに切り揃えられた髪を、大きなリボンをカチューシャのようにして可愛らしく纏めている。

ちなみに、二人ともペンネームだそうだ。

「はじめまして。キサラギです」

「まぁ、あなたが⁉」

「女性でいらしたのね」

倣ってアメリアもペンネームを名乗ると、二人は一様に驚いていた。「如月＝二月」という概念もこの世界では分からないだろうし、結果、中性的というか性別不詳と思われていたらしい。

「ご著書拝読しておりますわ」

「私も」

「え、あ、ありがとうございます」

大変失礼ではあるが、アメリアは二人の本を読んだことがなかった。自由に書店に行って本を選ぶこともできないので、今まで他の小説を目にしたことがなかった。

今度バイオレットに頼んだら買ってきてくれるだろうか。お願いしてみよう。

これから読んでみる旨を伝えたら、二人はニコリと微笑んでくれた。


しばらく食事を楽しみ、そして目的である取材もさせてもらっていると、局長がやって来て挨拶を受けた。

局長は人の良さそうな恰幅の良い紳士であったが、アメリアが辺境伯夫人であることを知っているので、やたらとへりくだられ、疲れてしまった。

何故かレックのことも気にしていたし、何なのだろう。編集部員であるレックが仕事もしないでアメリアに張り付いているから気になるのかもしれない。現にバイオレットは忙しく動いていて、一所にいない働きぶりだ。

「……ふぅ」

普段、気儘におひとりさまを楽しんでいるもんで、たまにたくさんの人と交流すると楽しい反面、気疲れしてしまう。

アメリアのため息を耳聡く聞き付けたレックが心配の色を浮かべた。

「お疲れでしょう。予定していたことは全て終わりましたし、そろそろ帰りましょうか」

「そうですね。その前にお手洗いに行ってきます」

そう歩き出すと、男性二人はついてこようとする。

「え、トイレですよ？」

「はい。扉の外でお待ちしています」

えぇぇ……。しかし、レックはともかく騎士は監視なのだから仕方ないのかもしれない。中に一緒に入られないだけマシと思おう……。

そして、恥ずかしながら男性二人を伴ってトイレの前に着いた時、中から話し声が聞こえた。先客がいるようだ。

「……ラギさんてさ、どう見ても貴族だよね」

「ですよね。あの金髪といい、上質な服といい」

自分のことを言われていると分かり、ノブを握る手が反射的に止まる。これは入ってはいけないヤツだ。

先ほど紹介されたデイジーとジェシカであろうその声は高く響き、外までよく聞こえた。

「私、局長に聞いちゃったんですけど、あの方ただの貴族じゃなくて、デュボア辺境伯様の奥様らしいですよ～」

「マジで⁉　辺境伯様の奥様って、あの『悪女』の⁉」

「ですです～」

ちょ、局長クチ軽！　ダメじゃん！　個人情報漏洩じゃん！

しかも「あの悪女」――「あの」。

トホホなことに噂は市井にがっつり出回っているらしい。

「あー、なる～。なんか男前二人侍らせて、女王様ってカンジだったもんね～」

男前二人って……確かに男前だけどさ。一人は編集部員で一人は見張りの騎士だ。ちらと後方を見やると、男前二人も困ったように顔を見合わせている。

「……奥様、私が言ってきましょうか」

見かねて騎士がそう言うも、アメリアは首を横に振る。女子トイレに騎士が踏み込んだら、それはそれで問題だ。

「貴族の奥さんがちょちょっと書いた小説がヒットしてーなんて、は～羨まし！　こっちなんてさ、生活のために書いてるのにさぁ～」

「ですよね～」

アメリアとて生活のためなのだけれど……と、あえて訂正するのも馬鹿らしく、苦いものが込み上げる。

いくら「悪女」で冷遇されているとはいえ、まさかあんな暮らしぶりだとは彼女たちも思ってはいないのだろう。金髪はともかく、彼女たちが言う「上質な服」だって実は借りたものなのに。

「もう、帰りま……」

立ち去ろうと踵を返したところで、運悪く出てきた二人と鉢合わせしてしまった。

「あ」

「「あ……」」

うわぁ、気まず……！　もっと早く帰れば良かった……！

彼女たちは取り繕うことも忘れ、顔色を青くしている。レックと騎士が前に出ようとしたが、アメリアが手で制すと再び後ろへ戻った。敵対したいわけじゃない。

しかし、その一連の流れがまた気に触ったらしく、彼女たちの眉間に皺が寄る。

「お貴族様は御付きに守られていいですねぇ～。平民なんて旦那は頼りにならないし、私も誰かに庇われてみたいわぁ～」

「え……」

「ちょっと、大丈夫ですか、デイジーさん……後で何をされるか……」

「大丈夫よ。どうせこの人、辺境伯様に見向きもされてないんでしょ？　何もできやしないわよ」

それは純然たる悪意。

外に出ると、こんな悪意に晒されるのだな……。黒くなる心とは裏腹に、頭はどんどん冷え、冷静になる自分がいる。

「ほら、何も言い返せないじゃない」

黙るアメリアをいいように取ったのか、デイジーがにやりと嗤う。

「それともお貴族様は平民風情とは話せないということかしら。私たちの本も手に取らないくらいですものね。流石『悪女』様だわ」

「それは……」

「皆さん！　何してるんですか⁉」

バイオレットの声が響いた。どうやら騎士がバイオレットを連れて来てくれたらしい。

彼女が間に入りその場は収まったけれど、騒ぎを聞き付けた局長も巻き込んでの騒動になってしまった。

しかし、アメリアの耳には何も届かない。

謝罪を繰り返す局長を尻目に、レックによってアメリアは問答無用で馬車に押し込められ、足早に会場を後にした。

流れる車窓からの街並みは、行きはあんなにキラキラして見えたのに、今はぼんやりとしか見えない。

レックと二人馬車に揺られ、特に口を開くこともなかった。

――「貴族の奥さんがちょちょっと書いた小説がヒットしてーなんて、は～羨まし！」

デイジーが言った言葉がリフレインのように頭に響いている。

ちょちょっと書いたわけじゃないいんだけどな……。

今になって怒りがふつふつと湧いてくる。

ガーランドにいた頃は、それこそ寝る時間を削って書いていた。デュボアへ来た当初も、生活を整えるのにそれどころではなかったし、今でこそ時間はできたが、創作はそう簡単ではない。調べものもろくにできない環境で、アメリアなりに努力し物語を紡いできたつもりだ。

創作は、生活の糧であり、趣味であり、そしてアメリアの心を支えてきた。どんなに辛い時も、物語の中に没入することで乗り越えてきたのだ。

それを「ちょちょっと」なんて言われたくない。

こぼれそうになる涙を堪え、唇をきゅっと引き結ぶ。

ガーランドにいた時も悔し涙なら散々滲ませてきた。

――泣くな。こんなことで泣いてはいけない。

アメリアの震える手を、レックが静かに見ていた。

「……今日はありがとうございました」

小屋に到着し、アメリアはレックに一礼をした。

てっきり城の門までかと思いきや、小屋まで送っていくと言い張ったレックだが、ここまで特に話すでもなく、静かに時は流れるばかり。既に夕刻を迎えた陽はとろりと傾き、オレンジ色の光が二人を照らした。

「じゃ、また……」

早く一人になりたい。こういう時はとっとと寝て、忘れてしまうのが一番だ。

もう一度頭を下げドアノブに手をかけると、男のゴツゴツした手がふわりと重なり動きを塞がれる。

「え……？」

視界に影が落ちる。後ろからレックの体が覆い被さってきて、ドアとの間に囲われてしまった。

ち、近い……っ！

背から彼の胸の厚さと熱い体温を否応なしに感じてしまう。

「……あの女は、あなたの小説が売れているのに嫉妬して、あんなことを言ったと」

「へ？」

「……だから、あなたは何も気に病むことはない」

真摯な低い声が耳に響く。敬語が外れてしまっているが、どうやら落ち込むアメリアを心配してくれたらしい。

「あは……、そう、ですか……。ごめんなさい、無駄に落ち込んじゃって」

……別にいいのに。こんなことで今更傷つきはしない。

今まで、直接「悪女」だと糾弾されたことがなかったから、どこか他人事のような気がしていた。

今日は面と向かって悪意を向けられ、驚いただけ。

「……大丈夫です。明日には元気に……」

「強がらなくていい。あなたは十分頑張っている。こんな環境でも挫けず、いじけず、明るく生活しようと努力している。その上、自分の能力で立派に生計を立てているではないか。誇っていい」

「そんな……大袈裟な……」

放っておいてほしい。今はその優しさがアメリアの心を蝕む。

「……っ！」

大きい手がアメリアの細い肩を掴むと、クルリと体を反転させ、向かい合わせになった。

掴まれた肩が痛い。男の整った眉は固く寄せられ、瞳は奥で揺れる漆黒の更に奥に紅が揺らめいている。

「あなたの努力を、見ている者は見ている。騎士たちやバイオレット嬢や……俺も。あなたの強さを知ってはいるが、こんな時くらい我慢しなくていい」

「……っ」

何故、この男は、アメリアの中へ中へ、踏み込んで来ようとするのか。

――やめて。蓋を壊さないで。抑えていたものが溢れてしまう。

「誰も見ていない。俺だけ……。弱いあなたを、俺だけに見せてはくれないか」

お願い。

一番柔らかい部分に触れないで――。

「……ふ、ぅ、」

ずっと張っていた何かが決壊したように涙が溢れた。

ボロボロと雫が後から後からこぼれ落ちる。落ちた雫がレックのシャツを濡らし、玄関ポーチに幾つも跡を残した。

泣くほど辛かったわけじゃない。

冷遇とはいっても放置されただけで、暴力を振るわれたわけでも命を狙われたわけでもない。大抵のことは細々とした魔法で何とかなったし、ミアやバイオレットだっていてくれた。

──ただ、気付いてしまった。

誰かに認めてほしかったのだと。

この、よく分からない世界で頑張っていると、誰かに言ってほしかったのだと。

「ふぅ、う……」

何も期待していないと言いながら、この温かい体温を求めていたことを。

「アメリア……」

レックの右手は、涙を拭おうと、おろおろ忙しなくアメリアの頬を撫でる。

──何故、この男は私の名を呼ぶのだろう。何故、私に触れるのだろう。

優しく触れる体温が温かい。長年溜まっていた膿が落ちるように涙がとめどなく溢れてくる。こんな憑き物が落ちるような涙は転生してから初めてだ。

「……ふ、う、……ご、めん、なさ……っ、止まら、なく、て……」

「……アメリア……」
二、三度、骨張った指が柔らかな金髪を梳くと、薄く形の良い唇が涙に濡れた目元をちゅ、と吸う。
「え……」

手袋越しのものとは明らかに違う弾力と体温。

驚いて強張った体を宥めるように男の手が細い肩を撫で、唇はそのまま頬の涙を吸い、アメリアのそれを塞いだ。

「……!?」

その触れるだけの口づけは、ひどく優しい。

様子を窺うように鼻の頭や唇の周りにも触れ、また唇に触れる。

「……んっ」

僅かに漏れたアメリアの声にレックがびくりと揺れた。

男の唇は一度ちゅ、と音を立てて離れると、アメリアのふっくらした上唇を舐め、再び角度を変えて少し深く重なってきた。

「……んぅ!?　……っ!?」

ちょ、待っ……。

もしかしなくても、これはキスか……!?　キスされてるのか!?　私!?

驚きすぎて涙も止まる。

――「誰も見ていない。俺だけ……」

いやいや！　監視の騎士がいるだろうが!!　すぐそこに！

騎士たちも見ぬふりには限界がある。すぐそこで繰り広げられている突然のキスシーンに、流石の彼らも固まってしまっていた。

何故流されてしまったんだ、アメリアよ!!

「やっ……！　ダメっ……!!」

反射的に男の体を突き飛ばしていた。

女の力ではびくともしないはずの体だが、不意をつかれたのか、少しよろめき後ろへ下がる。

「アメ……」

「私っ……ゆうわくしてなっ……」

「え？」

「私、誘惑してないので!!」

アメリアはすぐさまドアを開け、部屋に入ると、これでもかとばかりにドアを施錠する。

呆然とするレックと騎士たちを置き去りにし、以降、小屋に籠城を決めたのだった。

閑話　結局溺愛じゃん！　～バイオレットはかく語りき

デュボア辺境伯の正妻、アメリアは不思議な人だ。

バイオレットが初めて彼女と出会ったのは、王都の道端。

アメリア・デュボア。いや、初めて会った時はまだアメリア・ガーランドだったが。


その日、バイオレットは初めて担当する作家との打ち合わせがうまくいかず、どんよりと会社への帰路を歩いていた。

新人として雑用ばかりだったこの数年。やっと編集者として本作りに関われると意気込んでいたというのに、ただ面倒な作家を押し付けられただけだったらしい。

バイオレットは平民ではあるが、大きい商家の次女として生まれた。

裕福な実家での何不自由ない生活。それこそ本来は働く必要もなく、働くとしたら自分の家で働けばいい、と両親に言われた。現に姉は婿（むこ）を取って、バリバリ家業を切り盛りしている。

しかし、本が好きだったバイオレットは家族の反対を押し切り、夢だった編集者となった。

そのまま家にいても花嫁修業をさせられ、家庭に収まるべくどこかの貧乏な下級貴族と結婚させられるに決まっている。貴族側はバイオレットの実家の資金力を。そして実家は貴族の箔や貴族との繋がりを求めての政略結婚だ。そんなの冗談じゃない。

しかし、いざ編集者になってみれば、実家で叩き込まれた教育や礼儀、所作などが編集部で重宝され、取引先である面倒な貴族の相手をさせられることも多く、今回の担当作家もご多分に漏れず、そういった類いの相手であった。

社までの足取りが重い。このまま辞めてしまおうか……いや、大口を叩いておきながら、今更実家になど戻れない。

ため息を吐き、馬車や人が多く往来する道を眺めていると、道端の縁石に腰かけ、何かを一心不乱に書き付けている女性が目に入った。

——不思議と目を引く女性だ。

無造作に一本に結ばれた温かみのある金色の髪。髪色からして貴族だろうか。それにしてはだいぶ格好が質素だ。よれよれのブラウスに張りのないスカート。全体的に薄汚れている。

そんなことより何を書いているんだろう……気になる。

そうして声をかけ、自分が編集者であると名乗ると、彼女は今しがた書き付けていた小説を見せてくれた。

「何これ、新しい……！」

端的に言って、素晴らしかった。

恋愛小説といえば、主人公は貴族の令嬢か某国のお姫様か、はたまた、最近流行りの平民として育った男爵家の落胤が王子と恋に落ちる――そんな夢物語が主流であったが、アメリアの小説は、本当に普通の、どこの落胤でもない町娘が主人公だった。

食堂で巻き起こる日常――常連客との小気味いい会話や招かれざる客が起こすトラブル。常連客それぞれの隠された事情を絡めたちょっとした日常ミステリー。食堂で働く女性あるあるもありつつ、毎回、必ず登場する格好いい騎士との恋愛模様もあってドキドキ感も満ちている。

もちろん素人が書いた拙さはあるが、日常の中の非日常というか、これは普通の平民の女子のみならず、年配の女性や、何なら男性にも受ける予感がする。いや、絶対に受ける。受ける予感しかない。

先ほどまで仕事を辞めようかと沈んでいたのも忘れ、バイオレットは久々に湧き立つ気持ちを抑え切れずにいた。


話を聞くと、アメリアの境遇は酷いものだった。

アメリアの立場上、ガーランド家にバイオレットが出入りすることは難しく、外出もままならない彼女と会えた回数はそう多くはない。

お使いなどでアメリアが外に出られた時に原稿を受け取り、やつれた彼女に食事をさせる。アメリアはそれすら断ろうとしたけれど、経費だから、自分も食べたいから、と説得すると、渋々受け入れてくれた。

日持ちするような食べ物を渡そうとしたが、見つかった時がこわいと受け取ってもらえない。日に日に痩せ細っていくアメリアを見守るしかできず、バイオレットは焦燥感を募らせた。

アメリアの輿入れの一報が届いたのは、そんな時だ。

しかも、既に彼女は辺境へ旅立った後で、婚姻から二か月も経っていることを本人からの手紙で知った。

手紙を読んですぐに、バイオレットは慌てて異動を願い出て、辞令が下りるのも待てず、辺境へ飛んだ。

しかし、そこで待っていたのも、アメリアに対する謂れのない悪評だった。

「悪女」であるアメリアは、屋敷に閉じ込められ、会うこともできない。会いたいと辺境伯領の局長に直談判するも、顔をしかめられてしまった。

どうにかして会えないものか……。

バイオレットは初めて実家に頭を下げた。実家の肩書を使うことは本当に嫌だったが、背に腹は代えられない。あちこちに頭を下げまくり、どうにかアメリアに会うことに成功したのだった。

「バイオレットさん!?」

久し振りに会ったアメリアは、突然現れたバイオレットに驚きつつも、健康そうに見えた。そんな彼女にホッとするが、なんと城の端の、今にも崩れそうな小屋に住んでいるではないか。

いくらなんでも正妻に対してなんたる仕打ち。信じられない。辺境伯はどれだけ人でなしなんだ。

それでも、アメリアは楽しそうに笑う。

「ちょっと今はバタバタしてるんですけど、環境が整ったらまた書けそうですよ。時間だけはたっぷりあるんで、ガーランドの時よりたくさん書きますね！」

本当に楽しそうだ。

バイオレットは、これから必要な物資を運ぶことを約束し、持ってきた大量の原稿用紙を置いて帰ったのだった。


そうこうして、二年。

どうしてこうなった？


突然、辺境伯が出版社にやって来た。

クレマンとかいう家令に許可は取っていたはずだが、とうとう辺境伯（悪の親玉）自らクレームを入れに来たのかもしれない。

「妻に会う時、私も一緒に連れていってほしい」

「……は？」

何故⁇　会いたいなら勝手に会えばいいではないか。何故にバイオレットも一緒でないとダメなんだ。アメリアの作家活動にいちゃもんをつけて離縁しようという魂胆か？　まぁ離縁した方がアメリアも幸せだろうから、バイオレットとしては大賛成だが。

「もちろん私と分からないよう変装はする」

「⁉　えぇと『もちろん』の意味が分からないのですが……。理由をお伺いしても？」

「……」

なんも言わねぇ。

結局、しっちゃかめっちゃかになりながら、辺境伯の変装を手伝う羽目になってしまった。

何故、変装？　謎すぎる。

そして、変装した辺境伯は、優雅に長い足を組み、応接間に居座っている。

早く帰れ。

「アメリアの書いている小説とはどんなものだ？」

「……個人情報ですので」

「私はアメリアの夫だぞ？」

「夫なら、妻をあんな小屋に住まわせないと思うのですが」

不敬を承知でそう言うと、男はグッと息を詰まらせた。一応罪悪感はあるらしい。

「……編集者を装うのなら、知っておきたいだけだ」

「……」

辺境伯相手にこれ以上断ることはできなさそうだ。

バイオレットが出版社で取り置いている数冊を持っていくと、男は本を大事そうに手に取り、熱心に読み始めた。

離縁の理由付けでも探しているのだろうか。よく分からない。部屋の隅に控えている護衛とおぼしき騎士に視線を送ってみるも、困ったように一礼されてしまった。

「……この小説は、どのくらい売れているんだ？」

「はい？」

何が聞きたいのか分からない。ついつっけんどんになるバイオレットの返事を気にした様子もなく、辺境伯は続ける。

「アメリアの収入はどのくらいあるんだ？」

「平民が普通に暮らしていく分には十分すぎるくらいの収入はありますよ。お会いする時に生活に必要な物資をお届けしていますが、その代金を差し引いてもだいぶ余るくらいです。明細、お見せしますか？」

「……いや、いい」

ふい、と顔を逸らされ、物憂げに本を見つめている。

なんだろう。妻が稼いでいるのが気に食わないのだろうか。稼いでいるといっても億万長者の辺境伯には遠く及ばないのだけれど。

「……アメリアは出ていってしまうだろうか……」

「え？」

バイオレットに言っているのか、それとも独り言なのか。あまりに小さい呟きだ。

「……アメリアは、こんな仕打ちをしているデュボアにいたくないだろう……。自立できるくらい収入があるのなら、出ていって、しまうだろうか……」

「……？　奥様に出ていってほしくないように聞こえますけど……」

「……」

また何も言わない横顔が「そう」だと語っている。

え？　え⁉

何なの、この人！　そうなの⁉

もしかして、今更アメリアのことを好きなの⁉　冗談でしょ⁉

「……君が思っているようなことじゃない。ただ……謝罪というか贖罪というか……とにかく、私のせいでアメリアには苦労をかけてしまったから、罪ほろぼしをしたいんだ」

「だったら！　お早く奥様の環境を変えて下さいよ！」

「……分かっている。分かってはいるが、私はアメリアときちんと会ったこともないんだ。まずは様子が見たい……話を、したい。けれど、突然私が行ったところで……」

「う、うーん……確かに……」

今の状況だと、アメリアの環境を変えたところで、彼女は訝し気になり、勘ぐってしまうだけかもしれない。

仕方ない。アメリアの生活改善のためにも、悔しいが辺境伯に協力するしかなさそうだ。

しかし。

「でも、これだけは言っておきますけど！　私は奥様が幸せに、そして平穏に執筆していただけることが一番です。もし奥様が家を出ることを望むなら、邪魔しません。むしろ応援します。いいですか？」

「……それは、私も同じだ」

そう言いながらも、辺境伯は苦しそうな顔をする。どんだけ拗らせてんだ……。

「素直に謝罪するのが一番だと思いますよ？」

「……分かっている」

いや、分かってないから言ってるんだけど！


こうして。

辺境伯、もとい、レックをアメリアに引き合わせることに成功したけれど、斜め上にやる気を発動している彼は、一人でがんがんアメリアに会いに行っているらしい。

たまにバイオレットが顔を出すと、「レックさんには大変良くしていただいて、すいません」とかアメリアにお礼を言われる。知らんし！

「バイオレット嬢、アメリアはどんな食べ物が好きなんだ？」

そして、すっかり編集部常連になった辺境伯が、今日も応接室でふんぞり返っている。何故。

「ガーランド家でろくに食べられない生活をしてましたし、デュボアでも……まぁ言わずもがなですが。なので食べ物なら何でも好きだと思いますよ」

「そ、そうか……」

ちくりと嫌みを言うも、辺境伯はそれを真摯に受け取めシュンとしてしまうので、こちらが悪いことをしたような気分になる。腑に落ちない。

「……そうですね、スコーンやキッシュもお好きですが、自分で作ることができない生菓子、えーと、ケーキなんか喜ぶと思います」

「そ、そうか！　では、そうするとしよう！」

そうして、美味しそうにケーキを頬張っているアメリアを見て、顔を蕩けさせている。

謝罪とか贖罪とか御託を並べてはいるが……、

「結局溺愛じゃん！」

「ですよね〜」

バイオレットの大きめな呟きに護衛の騎士が相槌を打つ。

どうやら、本人の自覚のない溺愛は周りにモロバレのようであった。

更に。

なんと彼の溺愛は、アメリアの小説にまで影響を及ぼした。

比較的、食堂の日常やお仕事小説的な色合いが強かった物語が、ここにきて恋愛要素がぐんと強くなったのだ。

書かれている揺れる乙女心は、そのままアメリアの心のようだ。

「……辺境伯様、仲良くなるのは悪いことではないですけど、『レック』が仲良くなってどうするんですか……。本末転倒ではないですか」

またしても我が物顔で応接室に陣取っている辺境伯にそう進言するも、苦い顔をされてしまった。

「……分かっている」

だから！　分かってないから言ってるんだが！

「そういえば、今度、社の創立記念パーティーがあるんですけど、奥様に出席の打診をしても良いでしょうか？」

「パーティーか……。アメリアは断りそうな気がするがな」

「ですよね～……。局長が挨拶したがっていて」

「他の男にアメリアを会わせるのは嫌だ」

どんだけ！　局長なんてただの太ったおじさんなのに。

「まぁでも確かに『着ていく服がない』とか断ってきそうではありますよね。奥様、あんな地味なワンピース着て万年すっぴんでもあれだけ美人さんですもん。着飾った姿が見てみたかったんですけど……残念です」

そうしょんぼり言うと、目の前の男は黒い瞳を見開いて驚愕の表情を浮かべていた。

「？　どうしました？」

「ふ、服なら私が用意する……！」

「……は？」

「バイオレット嬢は絶対にアメリアをパーティーに出席させるように！」

圧。めちゃ圧力かけてきた。

どうやらバイオレットの言葉が、辺境伯の「アメリアを着飾らせたい欲」、いや「アメリアに贈り物をしたい欲」（もしくはその両方）を刺激してしまったらしい。

すぐさま領都に一軒しかない仕立て屋が呼ばれ、辺境伯はアメリアの衣装の打ち合わせを始めてしまった。

お忘れですか。一応ここ、編集部の応接室なんですけど――！

「……このドレスは最近流行の……でして……こちらは……」

ん？

「両方いいな。この際だからたくさん作ろう」

んん？

仕立て屋と辺境伯の声に導かれ手元を覗いてみると、山のような図案が積まれていた。

「ちょ、ちょっと辺境伯様！　待って下さい！　今回のパーティーは街のビストロで、しかも昼間です。こんな貴族の夜会のようなドレスでは浮いてしまいますよ！」

「そうか？」

「そうです！　それにドレスを作るにしても、どうやって奥様の採寸をする気ですか⁉　今の段階では絶対拒否られますよ！　ドレスを作るのはちゃんと仲直りしてからにして下さい！」

「そ、そうか……」

「ワンピースかデイドレス！　百歩譲ってアフタヌーンドレスです！」

「わ、分かった……」

渋々頷く辺境伯の隣から仕立て屋に睨まれてしまった。ち、違う！　商売の邪魔をしたわけじゃないんだ！　今回いい仕事をすれば、将来山のようなドレスの注文が入ると思うんで勘弁してほしい。

片付けられていく図案を眺めながら、黒髪の男はソファの背にもたれ、その長い足を組む。

「そういえば、いつもアメリアが着ているあの質素な服は、バイオレット嬢が調達したものか？」

「そうですが、何か？」

アメリアがガーランド家にいた頃から着ていたブラウスとスカートがあまりに薄汚れていたので、見かねたバイオレットが調達したのだ。本当はもっとちゃんとした服を見繕っていたのだが、洗濯が面倒だからとアメリアが寝巻のような何の飾り気もない薄いワンピースを所望したので、結局かなり簡素なものになってしまった。

最初黒かったそれは、洗濯を繰り返す内すっかりグレーになっている。

「何故あんな古着の薄いものを着ているんだ」

「奥様があれがいいと言うので。一応古着ではなく新品なんですが、駄目ですかね？」

「いや、駄目だろう⁉　あんなペラペラな……エロ……」

「エロ？」

「ゴホッ……な、何でもない……！　今度から私が選ぶ！」

「？　はぁ……」

そうこうして出来上がった衣装をバイオレットが目の当たりにしたのは、パーティー当日だった。

「こんにちは、バイオレットさん。盛況ですね」

「‼」

アメリアが着ているのは、彼女の瞳の色に合わせたであろう若草色の上質なアフタヌーンドレス。普段全く化粧をしないアメリアも、今日は上品かつ華やかに化粧や髪形が整えられ、貴族の奥様そのものだ。

それはいい。それはいいのだが、何、その黒い刺繍。

一見、若草色のドレスを刺繍が繊細に彩っている風だが、小花模様に交じりスカートの裾を這い上る蔦（つた）の模様は、見る者が見れば辺境伯の尋常ならざる執着というか執念のようなものを感じる。こっわ！

「い、いえいえ、内輪ですから。それより今日は一段とお綺麗ですね。常日頃より奥様はもっと着飾った方が良いと思っておりました」

「ありがとうございます。何から何まで手配して下さったレックさんや出版社の皆さまのおかげです」

アメリアが頭を下げながら頬を染める。そんな彼女を蕩けるように見つめている辺境伯。もう二人の世界だ。

しかも、よく見れば「レック」はアメリアの瞳の色のチーフまで挿しているではないか。ここまでくると、何も気にしていないアメリアのスルースキルが逆にすごい。

「あー……まぁ、そうですね。主にレックさんが動いてくれた……ようです、はい。そ、そんなことより奥様！　ご紹介したい方たちが！」

こうして、訝し気なアメリアの視線を回避すべく紹介した作家二人が、なんと問題を起こしてしまったのだが。

もぉぉ、人生最悪の日だ。

「それともお貴族様は平民風情とは話せないということかしら。私たちの本も手に取らないくらいですものね。流石『悪女』様だわ」

「それは……」

バイオレットを呼びに来た護衛騎士の後を追って現場に駆け付けると、既に事件は勃発していた。慌てて間に入って止めるも時既に遅し。辺境伯がものすごい殺気を放ち、デイジーとジェシカを威嚇している。

問答無用でアメリアを馬車に押し込んだ辺境伯は、バタンと扉を閉め、こちらを睨んだ。

デュボア騎士団の頂点に立ち、隣国の脅威や最近まで野盗と戦ってきた男の殺気だ。さっきまでアメリアに絡んでいた二人も流石に小刻みに震えだしている。

「へ、辺境伯様！　申し訳ありません……！」

いの一番に局長が頭を下げる。

「ちょ、局長！　『レック』ですよ！」

「よい。この馬車は防音魔法をかけてある。中の音も漏れない。外の音も聞こえないはずだ」

「「へ、辺境伯、様……!?　嘘……!?」」

デイジーとジェシカが驚愕の声を上げる。仕方ない。こんなところにまさか辺境伯がいるとは思わないだろう。

「で、でも、辺境伯様は黒目黒髪のはず……」

「……魔法で変えてあるんですよ」

そうデイジーに小声で伝えると、彼女は顔面蒼白になった。

「……巷に流れるアメリアの噂は知っている。だが、だからといって彼女を正妻と知りながらあんな言動を……。不敬罪で捕らえられても文句は言えんぞ？」

「あ、あの……私……奥様の小説が、人気で……羨ましくて……」

「わ、私も……その、申し訳……」

「私に謝罪しても何にもならない。君たちは、平民風情とは話せないのか、と言っていたが、局長やバイオレット嬢をはじめ、アメリアが取材していた給仕の者も皆平民ではないか。我が騎士団も平民が多く、アメリアの側仕えなど孤児の少女一人だ。それに、君たちの本を読んでいないというのは、私の不手際でアメリアは自由に外出したり本を選んだりできないから仕方ないのだ。……アメリアは君たちが思っているような『悪女』ではない。平民を見下したりなどしない」

二人はおいおいと泣き出してしまったが、辺境伯はそれを無視し、こちらに向き直る。

「早急にアメリアの名誉の回復が必要だ。局長、この出版社は新聞も発行していたな？　アメリアの真実の姿を記事にし、号外を出してくれ。迅速に、なるべく早く」

圧。

未だ殺気の収まっていない辺境伯の圧力に局長は為す術もなく頷くしかない。

「しばらく徹夜かな……」

　そんな局長の遠い目を、バイオレットは生温く見ていた。


　その後。

　王都に居を移したデイジーとジェシカは、意気揚々と辺境伯領を出ていったらしい。

　しかし、デイジーは夫の派手な女遊びや娼館通いで借金を重ね、身を持ち崩し、行方をくらましたようだ。

　ジェシカは、こつこつと作家活動を続けていたようだが、辺境と違いライバルも多く、厳しい編集者に心を病み、作家は辞めてしまったと聞く。

「……二人とも今頃どこでどうしているのか、分からないんですよねぇ……」

　いつものように護衛騎士と共にやって来た辺境伯は、そんなバイオレットのボヤキを聞いているのかいないのか、出された最上級の紅茶を口に運び「アメリアが淹れたものの方が美味しい」などとぬかしている。

「聞いてますか!?　辺境伯様！」

「聞いているが、あんな女たちのことなど知らん。二度とアメリアの前に現れなければ、それでいい」

　しれっとそんなことを宣っているが、バイオレットは知っている。デイジーとジェシカの二人を王都へ行くように仕向けたのはこの男であることを。

王都本社の社長に圧……いや、話を通して、彼女たちを引き抜くように言ったのだ。引っ越しにかかる費用も住む場所も全て用意するから王都に来ないかと言われた二人は、そのお金が辺境伯から出ているとも知らず、自分の能力が買われたのだと勘違いして辺境から出ていってしまった。

「ふ、まぁ、辺境のような田舎から見ると、王都は煌びやかで夢のある街に見えるからな。野望を抱いて出ていったものの夢破れ……など、よくある話だ」

実際、彼女たちの件にどれくらい辺境伯が関わっていたのかは定かではない。本当にただアメリアに二度と会わないように二人の王都行きを促しただけで、二人が勝手に落ちぶれていったのかもしれない。真相は藪の中だ。

しかし、最近の付き合いで分かるが、この脳筋……んん、真面目で実直なザ・デュボア人が、そんな細かい陰湿なことができるのか、と言われれば違う気もする。なんとなく裏で違う人間が動いているような……。ますますこわい。もう考えるのはやめよう……どうせバイオレットには本当のことなど分かりはしない。

「それより、このアメリアの小説だが」

辺境伯は出版社にやって来ると、とりあえずアメリアの本を読んでいる。初めて来た日に、既刊を全て、しかも十冊ずつ買っていったのに、どんだけ熟読しているんだ。

「アメリアはこういうのが好みではないのか？」

「こういうの？」

その示された箇所を読むと、騎士が主人公の町娘に跪いて愛を乞うていた。

「自分の小説に書いているくらいだから、アメリアの好みかと思ったのだが」

「知りません」

「この間やってみたんだが、イマイチだった」

「知りません」

やったんかい。

やはり、真面目なザ・デュボア人だ。

「うーん、やっぱりきちんと正体を明かして、ちゃんとした夫婦になってからやらないと……」

「……分かっている」

「『レック』が仲良くなっても仕方ないんですからね」

「……分かっている」

堂々巡りだ。

「……『レック』も嫌われてしまったかもしれん」

「……はぁ!?」

項垂(うなだ)れる男を問い詰め、「接吻やらかし事件」を吐かせた。

「ちょっと何してくれてんですかぁぁ——!!」

バイオレットの声が編集部に響くも、この後、更に事件が勃発することを、この時の二人は知る由もなかった。

第五章　何故彼の手は気持ち悪くなかったのだろう

何ということだ。

罠だった。

前々から変だと思っていたのだ。イケメンが妙に優しく、二人きりになっても監視の騎士は何も言わない。「許可は出ています」の一点張り。

そりゃ許可も出るだろう。罠なのだから。

イケメンを差し向けて、恋愛初心者のアメリアがまんまとメロメロになったところで決定的な不貞の事実を捏造する。騎士があんなに至近距離で二人のキ……不貞行為を見ていたのだ。言い逃れもできない。現行犯だ。

アメリアの精神が弱る瞬間を狙っていたのだろう。まさか罠を仕掛けてくるとは……デュボア家、恐るべし。

その後、レックが何度か訪ねて来たが、仮病を使って会わなかった。

何なんだ。まだ捏造し足りないのか。

どうせ、先日の誘惑事件も既に辺境伯に伝わっているのだろう。追い出されるのも時間の問題だ。

罵倒されて放り出されるのも癪なので、自分から出ていくのが得策な気がする。

よし決めた。荷物を纏めて明日にでも出ていこう。


ということで一晩明けた今日。

纏めてといっても纏める荷物もほぼない。身軽なものだ。

ここに来た時に持ってきた小さいボストンを持って、さっくり準備万端なわけだが……さて、どうやって出ていこう。

誘惑事件の後から、小屋の周辺は妙に見張りの騎士が多いのだ。男好き認定されて更に警戒が強まったのかもしれない。

いやいや、どのみち放逐するならもう放っておいてくれ。

などとボヤいていると、ふと部屋の空気が変わった。

「あら～、何この小屋ぁ～」

「!?」

突然、後ろから甲高い女の声が響いた。

「!?　リリー!?」

そして、何もない空間からのっそりと知らない男も姿を現す。

「え!?　何……!?　どうやって……!?」

「お姉様ったら、本当に辺境伯様に愛されてないのねぇ。噂通り、こーんな奥まった掘っ立て小屋にいるなんて」

先日のデイジーとジェシカが話していた「悪女」の噂だろうか……て、今はそんなことどうでもいい。何故リリーがこんなところにいるのか。そもそも、外に騎士があんなにいる状態で、この小屋に入れるわけがない。

「えっ……何？　まさか魔法……!?」

「うふふふ！　やーだ、お姉様。そんな大それた力使えるわけないじゃない。秘密はコレコレ～」

そう言ってリリーがヒラヒラさせているのは一枚のマント。かけ布団ほどの大きさはあるだろうか。なかなか大きい。

「これを、こうすると……ね？」

「！」

リリーがひらりとマントを被ると、一瞬にして彼女が消えた。そして、外すとまた現れる。

え、ちょっ……、青い猫型ロボットのあれやん……！

「ものを知らないのね、お姉様。こーいう魔道具なのよ。これを被ってここまで歩いてきた、というわけ。うふふふ！」

「……それは分かったけど、いったい何しに……」

「そ、れ、は～」

「リリー様、あまり長居はよくありません。気付かれたら終わりです」

「……ちっ、仕方ないわね。じゃ、早めにやっちゃって」

「はい」

「やっちゃって」？　嫌な予感しかしない。

じりり、と後退したアメリアへ男は詰めるように近づいてくる。

そうだ。大声を出せば、外の騎士に気付いてもらえるかもしれない。出奔作戦は失敗してしまうが、また後日やり直せばいい。

「助けっ……！　んんー！　んんん――――！」

慌てた男に布で口と鼻を塞がれた。瞬間、ツンとした臭いが鼻腔を通り抜ける。

何か薬品が染み込ん……あ、ヤバ……吸い込んで……しまっ……。

「……っ、……っ……、」

急激に意識が遠退く。

「んもう、お姉様。手間かけさせないで下さいよ。行きましょ、ベン」

「はい」

「あーあ、門まで遠くてやんなっちゃう。足痛い～」

「ですから、僕一人でやると申し上げたのに。リリー様は馬車で待っていて下されば……」

「だぁって、お姉様の惨めな状況をこの目で見たかったんだもの！　ふふっ！　まぁいいわ。気分がいいから歩いてあげるわ～」

あの便利道具もどきのマントを翻し、リリーの姿は消えた。

体が動かない。ベンと呼ばれた男に担がれ、男は担いだアメリアごとマントを被る。

そして、小屋の中は誰もいなくなった。


「……ん、」

次に目を覚ますと、そこは……またも小屋だった。

小屋から小屋。あまり変わり映えのしない風景に、逆に頭が冷えていく。

体を動かそうとしたが、お約束のようにベッドの柵に手首がくくりつけられ、身動きが取れない。

「あら、お姉様。目が覚めました？」

「リリー……」

部屋の端には例の見知らぬ男――ベンもいた。何なのだろう。何が目的なのだろう。

嗅がされた薬の影響か、頭がズキズキと痛い。

「リリー……どうしてこんな……」

「だって変なんですもの」

「え？」

言っていることが分からず眉を寄せるアメリアとは対照的に、リリーはきょとんと可愛らしく首をかしげる。

「私、オスカー様と結婚するはずだったのに、何故だか公爵家から怒られてしまうし。オスカー様ったらラッセル伯爵家のエミリー様と結婚されてしまったのよ？　おかしくない？　お姉様何かしたの？」

「え……」

何故アメリアが何かしたことになっているのか。そんなの無理に決まっているのに。

「そうよ、お姉様が裏から手を回したのではなくて？　それに最近、辺境伯様からの支援金もなくなってしまって、お父様もお母様も困ってらしたわ！　お姉様、辺境伯様に何かしたの？　というより、お姉様が愛されていないからお金が止められたのではなくて？」

言っていることが無茶苦茶だ。

だいたい支援金の話も初耳だし、いったいどれほどの額を辺境伯家からむしり取ったのか。痛い頭が更に痛い。

唸るアメリアを尻目に、リリーは扇を広げ、その陰で赤い唇を不敵に歪めた。

「でもいいのよ。許して差し上げるわ。だから、お姉様は早く辺境伯様と離縁して？　私が辺境伯夫人になるんだから」

「は？」

「だから〜、元々私に来た縁談じゃない。辺境伯様に見初められたのは私。お姉様、全然愛されてないし、辺境伯様にとってもそれがいいと思うの！」

「名案！」とばかりに、リリーは顔を可愛らしく輝かせる。パチンと閉じた扇の音が狭い小屋に響き渡った。

「ちょ、ちょっと待って。リリー様は僕と結婚して下さるのではないのですか？」

静観していたベンが声を上げる。あまりに存在感がなく、いるのを忘れていた。

暗い灰色の前髪が顔の半分を覆い、その間からギョロリとした目が覗いている。陰気な雰囲気の男だ。言葉遣いからいって伯爵家より下の家の者なのだろうか。

「え〜？　そんなこと言ったかしら〜？」

「だだだって、ガーランド家を継げるのはリリー様一人だから、婿入りしてくれる者を探してるって……。僕は子爵家だけど次男で家も継がないし……それで……僕を見初めてくれたと……」

「うふふ、そうだったかしら〜」

あらら……何だか話が拗れている。揉めているようだ。

「酷い……。だってお姉さんがガーランド家を乗っ取ろうと企んでるから、ちょっと懲らしめたいって……だから僕……」

何だそれ……。というか、あんな貧乏伯爵家、乗っ取って何の得になるのだろう。

くだらない嘘に騙される彼に呆れとも同情ともいえない感情が湧く。

そんな不穏な雰囲気を特に気にすることもなく、リリーは部屋の隅にある質素な木のテーブルと椅子を一瞥した。

「んふふ、まぁちょっと落ち着いて〜。まだ時間はあるわ。こちらで話し合いましょうよ」

「そんなこと言って……また僕を騙そうとしてるんじゃないんですか」

「やだ〜、そんなんじゃないわよぅ。私はあなたの能力を買ってるのよ？　学園での成績も優秀だったし、今の財務部の仕事も優秀だし。だから私の伴侶として申し分ないと思ったのよ」

「……そう……そうですよね……」

なんやかんやリリーに言い含められ、ベンは渋々ながらも着席する。

「この間ベンがくれたワイン、開けましょうよ。祝杯用にと思ったんだけど、飲みながらお話ししましょ。耳寄りな話もあるし」

「耳寄りな話って？」

「まぁまぁ、ちょっと待って～」

そう言って、リリーは作り付けの棚から一本の陶器の瓶と、黄銅製なのだろうか赤みを帯びた黄色の杯を二つ取り出す。用意のいいことだ。

注がれる液体は血のような赤が妖艶に光り、強いアルコールの香りが広がった。

依然としてアメリアは縛り付けられたままなのだが。何なんだ、この時間は。こんな時によく優雅にワインなど飲んでいられるな。

「ベンは自分が当主になって領地の運営やってみたいでしょ？　王宮勤めなんてもったいないわ～。こんなに優秀なんだもの」

「……ま、まぁね……」

「次男だからって才能を埋もれさせちゃうのは、私違うと思うの～。せっかくベンは優秀なのに～」

「リリー様……そんなに僕のことを……」

何だか分からないが、リリーによいしょされていい気になったベンは、注がれるままワインをグイグイ呷る。

酒に弱いのだろうか。顔はすぐに赤くなり、長い前髪に隠されている目はトロンとしてきたようだ。

「でもぉ、お姉様が不甲斐ないから、支援のお金が滞ってて、ガーランドは今にも潰れそうなのよ～。潰れちゃったらベンも困るでしょ？　将来ベンが当主になる家ですもんね～。潰れさせるわけにはいかないわ～」

「そ、そうですね。支援金は重要です。復興するためにも必要なお金で、そのために政略結婚する貴族は多い」

「そうでしょ～？　だから私が辺境伯様と結婚すれば、また支援金は出ると思うの。だって辺境伯様は本当は私と結婚したかったんだもの～」

「……でも、それでは僕が困ります。ガーランドに婿入りできなくなってしまう……」

「まぁ、そんなことを気にしてるのね～。大丈夫よ、ベン」

リリーはその赤く美しい唇を吊り上げ、にんまりと微笑む。

どこかで見た光景だ。妹がこんな顔をする時はろくなことを考えていない。

「お姉様がいるじゃない」

「「え？」」

思わずベッドの上から声を被せてしまった。

「お姉様は離縁されるのだから、ガーランドに戻るのよ？　入れ替わりで私が辺境伯様へ嫁ぐから、お姉様が婿をとってガーランドを継ぐんじゃないかしら」

「いやいや、リリー……」

「だってガーランド直系の血を引いているのは、もうお姉様しかいないじゃない」

「……うーん、そううまくいきますかね？　いくら寵愛を受けていないとはいえ、貴族は一度届けを出してしまうと離縁などそうそうしませんよ」

「だから～、決定的な過失があれば、ね？」

「は？　……っ、……!?」

眉をひそめたベンは、次の瞬間、口を押さえてうずくまった。時を置かず吐く息が荒くなり、様子が変だ。

「……っ、はぁっ……、リリー、さま、ワインに、なにをっ……！」

「うふふふ！　大丈夫？　体が疼いて仕方ないんじゃない？」

「はぁっ、はぁっ……、くそ、媚薬の類い、か……？　馬鹿な……そんなことをすれば、あなたを襲う可能性だって……」

「やーだ、その賢い頭で考えて？　私を襲っても何も得にならない。お姉様とエッチすれば、まずお姉様は不貞行為で確実に辺境伯様から離縁される。そして、責任を取る形であなたはお姉様と結婚してガーランド伯爵となるのよ。私は辺境伯様と結婚してガーランドにもっともっとお金を出してもらう！　完璧じゃない？」

何ということだ。ここまでするとは正気じゃない。

アメリアにとって辺境伯夫人の地位なんて正直どうでもいい。どうせその内追い出されるんだからと、自分から出ていこうとしていたくらいだ。

「リリー、そんなことしなくても、私はすぐ辺境伯領から出ていくし……、リリーの邪魔なんてしないわよ？」

「それでお姉様はどこかへ行くつもりでしょ。ダメよ。それじゃベンはガーランド伯爵になれないじゃない。ここでベンとお姉様が結ばれて……万が一にも赤ちゃんができたら、より確実よね？　うふふふ！」

「……っ！」

美しい悪魔が楽しそうに笑う。

苦し紛れに体を動かしてみたけれど、ギシギシとベッドは音を立て、余計に手首が締まっていった。

「はぁっはぁっ……こんなことっ……許されない……！」

ベンが苦しそうに唸る。その耳に悪魔が囁いた。

「思い出して、あなたを虐げた人たちを。能力が下のくせに跡取りだからと……爵位を継ぐからと、あなたに傲慢な態度を取ってきた者たちを。見返したくはない？　あなたはガーランド伯爵になるの。あなたのお兄様より高い地位につくの。ね？　ステキでしょ？」

みるみる男の目が曇っていく。

「……」

淀んで虚ろな目は、どす黒い欲望を湛えてアメリアを映す。

——これは、マズいかもしれない。

「はぁっ……、……っ、はぁっ……」

男の淀んだ目が、いよいよ欲望に埋め尽くされていく。

息は荒く、下半身は——言いたくない。

媚薬など前世でもとんとお目にかかったことはないが……恐ろしいものだ。

とりあえず、この拘束を解かなければ。

「〝身体強化(ストロングボディー)〟！　ふんっ！」

拘束されている両手首を力任せに引っ張ると、ブチッと音を立てて紐がちぎれた。

切れた紐を振り払い、さっと立ち上がったアメリアを見て二人は驚愕の表情を浮かべる。

「……なっ⁉」

「もしや魔法……⁉」

このズル賢い異母妹はこんな少ない魔力でも搾取しようとするだろう。だから、できれば魔法のことは隠しておきたかった。

アメリアが単に放逐されて済む話なら、それで良かったのに。

「リリー様！　これはどういう……⁉」

「しっ、知らない！　お姉様が魔法を使えるなんてっ……私、知らないわ！」

「しかしっ……！」

また揉め出した。よし、この隙に逃げよう。

脱兎のごとく走りドアの取っ手を握るも、ガチッと音が鳴るだけでドアはびくともしなかった。

ええ――！　閉まってる――！

外から閂(かんぬき)でもかけてあるのだろうか。ドアは頑として開かない。

何故だ。これではリリーたちだって出られないではないか。外に見張りがいて、その人が開けるパターンなのか!?　そうなのか!?

「えぇい！　〝身体強化(ストロングボディー)〟！　〝身体強化(ストロングボディー)〟！」

もう〝身体強化〟ゴリ押しだ。ドアを壊してでも出てやる！

しかし、アメリアの能力ではすぐに壊れるまでいかず、ドアはミシミシ言うだけ。すぐさまベンに両手首を掴まれ、壁に叩きつけられる。嫌な壁ドンだ。全然ときめかない。

「はなしっ……、離してっ……！　〝身体強化(ストロングボディー)〟っ、ストロングボ……、……っう！」

視界がぐらりと揺れた。マズい、魔力切れの兆候だ。

確かにこの数分で何回重ねがけしただろう？　にしても早すぎる……！

「大人しくしろっ！」

「嫌っ……！」

「うわっ！」

がむしゃらに暴れ、ベンを突き飛ばす。すると、男の体はものすごい速さで弧を描き、すっ飛んでいった。

「!?」

嫌な音を立てて壁にぶつかり、ズルリと崩れ落ちた男を呆然と見つめる。

え、嘘……。

〝身体強化〟の重ねがけ――小屋を修繕するために切った丸太を軽々と運び、当初は手刀で丸太一本くらいは平気で割っていた。男の一人くらい力を込めれば吹っ飛ばせるのは当然といえば当然で。

人に対して力を使ったことがなかったから考えたこともなかったけれど。

そんなつもりはなかった。

魔法は生活を豊かにするために使うのであって、こんなことをするつもりはなかった。

じっと自分の手を見つめる。震えが止まらない。

人に危害を加えてしまった。

こわい。自分の力がこわい――。

そんな、動揺した一瞬の隙をつかれた。

狭い山小屋の中だというのに、もう一人の存在を忘れていた。

目の端に、鬼の形相で何かを振りかぶってきたリリーが映る。

「っ‼」

ガシャン！　と鋭い音と共に、頭に感じた強い衝撃。

バラバラ散る陶器の欠片と頭から流れるアルコールに、先ほどのワインの瓶で殴られたのだと理解した。

「なっ！　嘘でしょ⁉　瓶で殴って怪我ひとつないなんて……！」

「……っ、うっ……」

〝身体強化〟しているから怪我はないが、普通の状態だったら怪我だけでは済まなかっただろう。

「ちょっとベン、大丈夫⁉　早く！　今の内にお姉様をこれで！」

「うぅ……リリーさま、待って……」

のろりと起き上がったベンに少しホッとする。

別にベンがどうなろうと知ったことではないが、それでも自分のせいで死んでしまったり後遺症が残ったりしたら、罪悪感も湧こうというものだ。

ベンはアメリアをベッドへ放ると、リリーから何かを受け取り、アメリアの体を再びベッドへ固定していく。

抵抗したいが、体がうまく動かない。

魔力切れと殴られた衝撃とで頭がぐらぐらする。脳が揺れているみたいだ。

「……っ、んくっ……」

被ったワインが鼻や口に入る。髪や肌は酒精でベトベトだ。

ギシリと、ベンが馬乗りになってきた。

男としては細い体だが、アメリアの動きを封じるには十分だ。

「嫌っ……！」

「ここまできて逃がすわけないだろ……！　……っ、はぁっはぁっ……、僕は、絶対に、ガーランド伯爵になるんだ……！」

手首がギシギシいう。ひんやりした感触に目をやると、太い鎖だった。

どんだけアメリアを逃がしたくないのか。無茶苦茶に暴れてみたが、鎖は全く壊れる気配はない。

「壊れてっ……こわれてぇっ……！」

「ははは！　流石に鎖は無理だろう⁉　馬車を固定するものだからな！」

さっきバタバタしている間にリリーが持ってきたのか。いつの間に。そういうところは本当に素早く抜け目がない。

「暴れなければ優しくしてやる……！」

「いやっ……！」

首筋に男の舌が這う。

ザラザラした生き物が肌を這い回る感覚に悪寒が止まらない。

「ふはは……酒精の匂いがすごい……。さっき被ってたじゃないか。そろそろ薬の症状が出るんじゃないか？」

「……っ、ん、くぅ……！」

胸をまさぐる手のひらが気持ち悪い。

――ふと、もう一人。

アメリアに触れる骨張った指を思い出す。

何故……、何故彼の手は気持ち悪くなかったのだろう。

霞む脳裏に彼の顔が浮かぶ。あまり笑うことはない、でも穏やかで美しい、あの顔を。

罠だったのに。

あの優しく温かい体温を思い出してしまうのは何故なのだろう――。

ベンの指がワンピースの首まわりにかかり、胸元まで生地を引き裂いた。質素な生地はいとも簡単に破け、申し訳程度に着ていた古い下着をめくられると、二つの丸い乳房がポロンとまろび出る。

「あら、お姉様ったら。前はガリガリで痩せ細っていたのに、いつの間に豊満になって……。愛されていないくせに食べ物だけは集っていたのかしら。浅ましいわね」

ベッド脇からこちらを見下ろし、リリーは扇の陰で眉を寄せる。

ベンは既にリリーの言葉が耳に入らないのか、アメリアの白い乳房を見つめ喉を鳴らした。

イヤッ……！　嫌だ……！

絶対に最後まで諦めない……！　絶対に……！

「さて、あとは二人で楽しんで～。私は馬車に……」

「〝火〟っ！」

「うわっ‼」

目の前に現れたライター大の火にベンがのけぞる。しかし、すぐ手で払われ、火は消えてしまった。

「はっ！　ははは！　なんだ、この小さな火は！　さては大して魔法を使えないな⁉」

「〝ファイア〟〝ファイア〟〝ファイア〟〝ファイア〟〝ファイア〟ッッ……‼」

アメリアの声に呼応して、小屋中に小さい火が浮かぶ。

狐火のように小さい火が転々と浮遊している様は異様に見えた。

「こ、こんな小さい火が何だっていうんだ！　全部消してやる！」

「〝風〟！　〝風〟ッッ‼」

「「‼」」

突然起こった竜巻のような風に煽られ、一瞬の内に炎が燃え上がる。

一つ一つは小さい火だが、酸素を送るように緩く渦を巻いた風が火を大きくしていく。そして纏まった火は、瞬く間にゴオッと屋根を突き上げる炎となった。

「……ちょっ……ベン！　逃げるわよ‼」

「しかしっ……リリー様……！」

顔を青くしたリリーは、ベンの腕を取りドアへ走り出す。ベンはそれに従いつつも、アメリアへの未練から足が進まない。

ベッドへ戻ろうと一歩踏み出した瞬間、焼け落ちた屋根がガラガラと落下し、ベッドとドアの間で火柱が上がった。

「ほらっ、もう無理よ！　早く！」

「ですがっ……」

「ここで死んだら元も子もないわよ！　嫌なら私一人で逃げるから！」

「……っ」

リリーがドアを叩くと外からドアが開く。やはり仲間が外で待機していたらしい。

ベンは最後まで迷っていたが、結局リリーの後を追って外へ出ていった。

メラメラと小屋は燃え続けている。

「ゴホッ……ゴホゴホッ……！　あー……鎖取れないわー」

鎖がなかったとしても、魔力切れで体は一ミリも動かないけれど。

こんな最期で本物のアメリアに申し訳ない。

「はぁはぁ……体、あっつい……ゲホッ、ゲホゲホゲホッ！」

この熱さは火に囲まれているからか、媚薬が効いてきたからか……まぁ両方なのだろう。

鎖が火で熱せられ手首を焦がす。痛い。

「……〝冷却（クール）〟……」

魔力の最後の一滴を振り絞ると、強制的に意識が沈んでいく。

黒く染まる視界の端に、僅かな光を捉えたような気がした。

＊＊＊

時は少し遡（さかのぼ）り。

「何故……あんなことをしてしまったんだ……」

執務室で頭を抱えるレアンドルを、クレマンは憐れみとも呆れともいえない表情で見つめている。

例の「接吻やらかし事件」から、アメリアが小屋から出てこなくなってしまった。

レアンドルが何度訪ねるも、体調が悪いの一点張り。遠くから見つめることもできなくなってしまったのだ。

色々と手を変え品を変えアメリアへ差し入れるも、全て断られてしまう。

「またクズ野菜しか受け取らなくなってしまった……。また痩せてしまうではないか……」

心配でたまらない。

盛大に吐いたため息が、紅茶の湯気をゆらりと揺らす。

その良い香りに、先日アメリアが飲んでいた豆茶なるものを思い出した。

バイオレットと共に小屋を訪れた際、紅茶を切らしていると言って出してきた香ばしい香の茶色い飲み物。

聞けば、紅茶はバイオレットの差し入れで貰う程度で、普段は豆茶を飲んでいるという。紅茶が高価であることを、レアンドルはこの時初めて知った。

豆は林の入口の風通しの良い場所になっているという。平民はよく飲んでいるらしく、アメリアもミアに作り方を教わったのだそうだ。

天日干しに焙煎と手間はかかったらしいが、そんな手間も楽しいと彼女は朗らかに笑った。

「それにしても……『誘惑してないので』って何なんだ……」

そうレアンドルの口から漏れた呟きに、書類を整理していたクレマンが体を強張らせる。

「……それは、奥様がおっしゃっていたのですか?」

「あぁ」

「……おそらく、私が言ったことを気にされているのだと、思います。申し訳ございません……」

「……何と言った？」

「……初日に……騎士たちを誘惑しようとしても無駄だ、と言いました」

「……」

再びレアンドルは頭を抱えた。

無理やり連れて来られた辺境で、初日に、しかも使用人にそんな言葉をぶつけられる。アメリアはどんな気持ちだったろうか。

それでも彼女は、デュボアが好きだと笑ってくれた。なのに……。もう、アメリアは我々に何の期待もしていないかもしれない。

「なるほど……」

「申し訳ございません……。それで、あの、奥様関連でご報告があるのですが」

「なんだ」

「エバンス子爵家の馬車が我が領地に出入りしている、と領境の砦から報告が入っております」

「ふむ……？」

それが何故アメリアと関連があるのか疑問だが、観光地でもないこの辺境に何の用事もなく貴族が出入りするのは確かにおかしい。

「俺は何も挨拶を受けていないが……？」

「そうですよね……」

辺境へ来る貴族は大概が視察で、そうなると、辺境伯であるレアンドルを無視することはあり得ない。

流通は盛んなので平民の往来は多くとも、最近まで野盗とゴタゴタしていたこともあって、貴族の来訪など滅多にあることではないのだ。

「ご丁寧に、子爵家の紋が馬車にデカデカとあったそうですよ」

「はっ！　ここを王都か何かと勘違いしているのか？　貴族の出入りが激しい王都では目立たないかもしれんが、ここは辺境。子爵家が何をしに来た？　もちろん調べてあるんだろうな？」

「これを」

クレマンが並べた書類に目を通す。

このデュボア領でうろちょろしている男は、ベンジャミン・エバンス。エバンス子爵家の次男で、現在は王宮の財務部に勤めているという、これといって特徴のない男だ。

ただ、ベンジャミンが時々行動を共にしているという女が写真に写っていた。それが――、

「リリー嬢……」

「ですよね。辺境にリリー様がいらっしゃるということは……奥様と関係があるとしか思えないのですが……」

「そうだな……どうもきな臭い。アメリアの警備を増やそう。先日のパーティーでごたごたしたので、ちょうどそうしようと思っていたんだ」

そうして、ここまで摑んでおきながら、レアンドルはまたも詰めの甘さを突きつけられる。

警備さえ増やせばと、そんなことで安心していた己を呪いたい。

そして。

あわよくば、このまま小屋で楽しく暮らしていってくれれば、少なくとも彼女は城の端にいてくれる――そんな緩やかな軟禁に、薄暗い喜びを覚えていた己を、
呪いたい――。


その日、レアンドルは領内の視察に出ていた。

陳情として出ていた修繕を要する橋を見て回り、川の氾濫に備え、代官や技術者、そして学者を交え、堤防や遊水池などの場所について議論する。

そんな出先に黒いカラスが飛んできたのは、まだ午前の早い時間だった。

『レアンドル！　小屋で変な魔力を検知した！』

なんと、カラスからリュカの声がする。

目を丸くして固まっていると、悪友の声が焦りの色を増した。

『アメリア嬢に何かあったかもしれない。早く戻った方がいいよ！』

その瞬間、先日の子爵家の男と義妹の件が頭をよぎる。

「了解した！　感謝する！」

視察は部下に任せ、レアンドルは急ぎ城へ馬を駆る。

何があったのだ。焦燥感だけが募っていく。

カラスはしばらくついてきていたが、フワリと高度を上げ、一足先に城の方角へ飛んでいった。

アメリアが住む小屋へ到着すると、そこは既に騒然としていた。

当主に気付いた騎士たちは一斉に敬礼を取る。

「報告いたします！　奥様が……お消えに、なりました……！」

「……消えた？　どういうことだ？」

やらかし事件から今日の今日まで、すっかり引きこもりになっていたアメリアだが、ミアだけは毎日招き入れ、いつもの野菜の切れ端などを受け取っていたようだ。

今日もミアは野菜を抱えドアをノックした。ところが応答がなく、心配したミアが騎士に言って踏み込んだところ、もぬけの殻だったらしい。

「この警備の数です。普通には絶対外に出ることはできません」

「普通には、とは」

『だ～か～ら～、魔力を検知したって言ってるじゃん！』

いつの間にかカラスが書き物机の上に留まっていた。

騎士たちは一瞬ザワつくも、リュカの使い魔と分かるとそのざわめきは静かな歓声に変わる。

『……ふむふむ……なるほど。これは魔法じゃなくて魔道具だね～』

カラスから魔法陣が浮かぶ。その美しい発光は、リュカの髪色に似た鮮やかな緑だ。

『魔道具なら痕跡が出ないとでも思ったのかな。浅はかだね～。魔力を伴うものは何でも痕跡は残るものさ……ふーむ、これは……〝隠蔽〟の、魔道具かな』

「〝隠蔽〟……の魔道具？」

〝隠蔽〟の魔法なら学生時代に見た。ジェラルドの「影」がそれだろう。しかし、道具があるとは……。

『違法品だよね～。大陸全土で製造が禁止されているはずだけど……まぁ、どこにでも闇商人はいるものだから……って、それより！　この城の魔法検知システムどうなってんの⁉　国防の要なんだから、こんな簡単に忍び込めちゃダメでしょ！　まさか、騎士がいっぱいいるから大丈夫～とか本気で思ってないよね⁉』

カラスが怒っている。

『脳筋⁉　脳筋の集まり⁉』とほざく嘴を折ってやろうとしたが、後ろにいたクレマンに止められた。

「リュカ様、本城の魔法検知は完璧です。〝隠蔽〟など使って一歩でも足を踏み入れれば、途端に警報が鳴り響く仕掛けになっています。しかし、今回は……その、」

『ははぁ～ん、こんな端まで検知は巡らせていないってことね～』

そうなのだ。正直、こんなところに機密なんてないし、攻撃されたところで大した害もない……なかったのだが、そこへアメリアが住み、今となっては最重要地になってしまったのだ。

『もう！　僕がやってたからいいようなものの！　本当なら門から入った時点で警報が鳴るくらいじゃないとダメでしょー⁉　レアンドル、こんなこと言いたくないけど、外でドンパチやるだけが戦争じゃないよ⁉　そもそもアメリア嬢を本城に住まわせていればこんなことにならなかったのに！』

「っ……」

ぐうの音も出ない。

デュボア領もこの城も、そしてレアンドル自身も問題山積みだ。

そんなカラスの圧に一歩下がると、床に転がっている小さいバッグが足に当たった。

「……これは、アメリアのものか？」

「はい。奥様がここにいらっしゃった日に持っていたのを覚えています」

そう騎士の一人が答えた。

貴族の令嬢が荷物を入れるにしては、あまりに小さいバッグだ。こんなもの一つで辺境にやって来たのかと思うと胸が締め付けられる。

中を確認すると、いつも干していた簡素なワンピース数枚と細々した日用品が詰められていた。

「……アメリアは出ていったのだろうか……」

「しかし、そうだとしたら荷物を置いていくでしょうか」

「そうだな……。それに出ていくにしても違法品を使って実行するのは、アメリアのやり方じゃない気がする」

ということは、やはりあの二人――。

何を企んでいる？　早く……早くアメリアを助けなければ……！

「追跡はできるか？」

『できるよ。魔力の痕跡を追えばいいだけ』

そうして。

バサリと飛び立ったカラスを追いかけてみれば、山の一部から炎が上がった。

「っ⁉　あそこか⁉」

『そうみたい！』

山といえどきちんと山道が整備されていて、馬車の車輪跡が馬上からでも分かった。

そんな全く経路を隠そうともしない様は、誘拐犯にしてはお粗末だが、今は好都合だ。


山小屋に駆けつけると、そこはもう火の海だった。

小屋の前ではベンジャミンとリリー、そして御者のような男が右往左往しながら揉めていた。

どうやら、この炎で馬が驚いて逃げてしまったらしく、逃げる手段をなくしたようだ。

「あらっ、辺境伯様♡」

「この者たちを捕らえろ！」

「えっ？　えっ⁉　ちょっ……！」

何故か擦り寄ってきた義妹は騎士に捕らえられ目を白黒させているが、今はそんなことどうでもいい。

「俺が救出に向かう！　消火できる者はしてくれ！　このままでは山火事になる！」

後ろから「危ない」と止める言葉も聞こえたが、聞こえないふりをした。

「アメリアっ……!!」

ドアを蹴破ると、中は一層激しく燃えている。

それは、酷い光景だった。

ベッドには鎖で両手首を縛り付けられた女性。

簡素なワンピースは胸元が破かれ、白い乳房が無造作にさらけ出された有り様だった。

何をされたのか一目瞭然だ。

「……っっ!!」

一瞬、怒りで我を忘れ、外にいるベンジャミンを斬り殺したい衝動に駆られる。しかし、今はアメリアの救出を優先すべき、そう自分に言い聞かせ、剣で鎖を突いた。

解放したアメリアを自分の上着で包んで抱き上げると、先日抱き上げた時より一回り小さくなっているように感じる。

「危険です！　お早く！」

「分かった」

外へ出た一瞬後、山小屋は音を立てて崩れ落ちた。

炎からアメリアを守りながら馬まで戻ると、またカラスが怒っていた。

『レ、レアンドル！　君はっ……何の装備もなしに火の中に突っ込むなんて！　無茶苦茶だぞ!?』

……どうやら心配してくれたようだ。

そんな心優しいカラスの黒い瞳がアメリアを見つめる。

『あぁ、可哀想に。魔力切れだね。この手首は……』

「鎖で巻かれていた」

『……なるほど。この炎で熱くて痛かったんだろう。最後の力を振り絞って冷却の魔法がかけてある。ほんの僅かだけどね。申し訳ないけど僕は癒しの魔法が使えなくて……、僕も冷却の魔法を重ねがけしといてあげるよ』

そう言うと、アメリアの手首がサァッと緑色に光った。

「……」

『なに？　複雑な顔して。どうせアメリア嬢に僕の魔法が付くのが気に入らないんでしょ。も〜、ヤキモチも大概にしてよね〜！』

「……」

その通りだ。何も言えない。

『早く城へ戻って癒してあげなよ。だ、ん、な、さ、ま！』

「……分かった。リュカ、ありがとう」

カラスは満足げにカーと鳴くと、高く舞い上がっていった。

＊＊＊

……あつい。

体が内から燃えるようだ。

「……」

アメリアが目を開けると、知らない天井――ではなく、知らない天蓋付きベッドの中だった。

何事だろう。こんなフカフカのベッド、前世でも今世でも寝たことがない。

カーテンの隙間から薄日が漏れている。朝か、昼か……考えることさえ億劫で、もう一度目を瞑ろうとした視界の端に人影が動いた。

「アメリア、目を覚ましたのか？　大丈夫か？」

ベッドサイドの椅子で本を読んでいた黒目黒髪のものすごいイケメンが、バサリと本を放ると勢いよく立ち上がった。

「……ここは……？」

「デュボアの本城だ。あの後、気を失っている君を清めて、医師と治癒師に見てもらったが……どこかまだ痛いところはあるか？」

「あの後……」

記憶がすぐには甦らず、ぼぉっと宙を見つめる。

確か、リリーとベンに攫(さら)われて、襲われそうになって……火事を起こして……。

この男性が助けてくれたのだろうか。気を失ってしまったので記憶があやふやだ。

焼き印か、というくらい痛かった手首を見るも、火傷の痕もなく綺麗なものだった。治癒師なる方の御業（みわざ）なのだろう。

「あれから丸一日寝ていて……心配した」

何だかよく分からないが、大変有難くもイケメンに心配していただいたらしい。

ベッドサイドの椅子に腰かけ、眉を下げる美麗なご尊顔は眼福だけれども……、えーと……。

「……すみません……あの、あなたはどなたですか？」

「！」

黒曜石のように美しい瞳がカッと見開かれる。

こわい。ナニゴト。

「……そうか……そうだったな……。あー失礼、俺、いや、私は、レアンドル・デュボア。君の、夫だ」

「‼」

今度はアメリアが目を見開く番だ。

なんと、このイケメンは二年前に結婚した旦那様だった。

「それは……こちらこそ失礼いたしました。ご迷惑をおかけしているみたいで……あの、すぐに小屋に戻りますので、……っ！」

「アメリア！」

ベッドから出ようとしたが、体がうまく動かない。落ちそうになった体を夫に支えられ、何とかまた横になった。

「っ、ふぁ……」

「……まだ起き上がるのは無理だ。ここにいてくれ」

「申し訳ありません……ふ、ぅ……」

何だろう。夫に触れられた部分からゾワゾワとした感覚が広がる。

「顔が赤いな……。タオルを交換しよう」

そう言われて初めて落ちているタオルに気付いた。アメリアの額に乗せられていたであろうそれは、先ほど起き上がったために落ちたと思われた。

夫はそれを拾うと、ベッドサイドに用意されていた洗面器で手際よく新しいタオル濡らし、絞る。アメリアの額にそっとタオルを乗せる手は、ひどく優しい。

……看病されているのだろうか。放っておいた「悪女」に対して、何故。よく分からない。

ひやりとする感触が心地よく、再び微睡（まどろ）みの中へ引きずり込まれそうになる意識を必死に繋ぎ止めた。

「……辺境伯様が、そんなことを……」

「気にするな」

澄んだ黒い瞳が僅かに細められる。

「……」

……どこかで、会ったような既視感。

この男(ひと)は夫ではあるのだろうけれど、写真はおろか絵姿さえ見たことはない。実家に送られたはずの釣書も、アメリアは見る機会などなかった。

そして。

間違いなく初対面、であるはずだ。

——なのに。

どこかで、私は——。

「……っ」

考えようとするも、頭がぼんやりして働かない。視界が霞む。

「アメリア⁉　大丈夫か⁉」

「申し……訳ありません。治っ……たら、すぐ小屋に、戻ります……いえ、新しい奥様がいらっしゃるのでしたら、城を出ていきますし、離縁ももちろん受け入れます……」

「？　新しい奥様とは何だ？」

「え？　あの……辺境伯様は妹に結婚を申し込んだと伺ったので、妹が来るのかと……」

そう言った瞬間、夫の眉間に深い皺が寄った。

こっわ……。冷気？　冷気出てる？

「リリー嬢は、君を拐(かどわ)かした罪で牢に入っているが」

「へっ⁉」

「へ、ではない。何故私が罪人と結婚しなければならないんだ」

「……!?　あれ？　え？　辺境伯様はリリーのことがお好きなのでは……？」

そう言うと、眉間の皺が更に深くなる。

何だろう？　リリーを見初めてガーランドに結婚の申し込みをしたのではなかったのか？

「あの、罪人云々が問題なら、私、訴えませんので、リリーを解放してあげて下さい。それで結婚すれば……」

「君はどこまで聖女なんだ。そんなこと気にしなくていい。どこから説明すればいいか……とにかく、リリー嬢の件は誤解だ」

「聖女て大袈裟な……ん？　誤解？」

きょとんと緑の瞳を丸くしたアメリアに、夫はポツリポツリと今までの経緯を説明してくれた。

それは、デュボア家の杜撰……いや、おおらかさを露呈した内容だったけれども、夫は包み隠さず、誠心誠意話してくれているように感じた。

そして最後に。

「クレマンをはじめ、使用人一同には日を改めて謝罪をさせる。だがまず、全ての責任は俺、いや、私に……」

「『俺』でいいですよ」

「す、すまない。全ての責任は俺にある。謝罪をさせてくれ。申し訳なかった！」

「！」

ザッと椅子から立ち上がり、九十度に頭を下げる辺境伯に、アメリアは呆気に取られる。

……何というか、潔い。謝罪の仕方まで「デュボア」だ。

「許してくれとは言わない。俺のことは許さなくていい。……ただ、出ていかないでほしい……頼む」

「頭を上げて下さい！　許すも何も、こちらこそずっと辺境伯様にはお礼を言いたかったんです。あの小屋での生活は私の理想でした。いていいと言っていただけるなら、願ったり叶ったりです」

「だが……君は荷物を纏めていたではないか。本当は出ていきたいのではないか？」

荷物……？　そういえば、攫われた時落としたのだった。あれを見られたのか。

「いや……あれは……罠が……」

「罠？　あの男と義妹か？」

「いえ違います。既に辺境伯様のお耳に入っているとは思いますけど、その……他の男性……ぇぇと、出版社のレックという方ですが、その方と不貞行為に及んでしまい、意図せず男性を誘惑したことになってしまって……」

報告がいっていなかったのか、夫は言葉をなくして固まってしまった。墓穴を掘ったかもしれない。

「だから追い出される前に、私から出ていこうと、え、ん、んぅ……！」

突然身を乗り出してきた夫は、アメリアの頰に触れると唇を重ねてきた。

「!?　ちょ、ん、んぅ……!?」

押し返すにも武人である男の体はあまりに厚くて重くて。

しかも、体がうまく動かない今の状態では、されるがままでいるしかなかった。

「……あれは、罠ではない」

静かに離れていった唇が、ポソリと呟く。

聞き覚えのある低いバリトン。服の下の厚い体。そしてアメリアに触れる骨張った指、硬い手のひら。それらは全て、フラッシュバックのようにアメリアに一つの答えを示す。

「――では、何なのですか。……レックさん」

「！」

大きい体がビクリと揺れる。

「……気付いて……？」

レアンドルの問いに、緩く横に首を振る。

「今、分かりました」

時折肌を掠める突起のようなボコボコしたものは、おそらく剣ダコなのだろう。長年剣を握り戦ってきた者の手だ。

それによく見ると、纏っている色は違うが同じ顔ではないか。なんで分からなかったんだ……いや、こんな状況では頭も回らない。

元々レックには違和感満載だったのだ。度々敬語は外れるわ、アメリアのことを名前で呼ぶわ、騎士たちがめちゃめちゃ気を遣っているわ。隠す気があったのか甚だ疑問だ。

「……辺境伯様自ら罠を仕掛けたということですか？　出ていかないでほしいと言いながら、やはり私から出ていくことを望んで……」

「違う！　……違うんだ！」

「？　じゃあ何だと……、っ、⁉」

急に、体がズクリと熱を持った。

「アメリア？」

「っあ……！　や、ん！」

レアンドルに触れられているのは同じなのに、さっきはやり過ごせたざわめきが、今は確実に疼きとなって全身を駆け巡る。

「やっ、待っ、て……。辺境伯、さま、離して、ください……！」

「！　もしや薬が切れたか？　早いな」

レアンドルはあっさり手を離すも、アメリアの傍らからはテコでも動かないようで、ベッドに腰かけその長いおみ足を組んだ。

布団越しだというのに、彼の体温が伝わり心臓が跳ねる。私はどうなってしまったのだろう。

「くすり……⁉　なんですか……⁉」

「違う、君をどうこうする薬ではない。むしろ逆で……、アメリア、媚薬を飲んだのは覚えているか？」

飲んだというか、リリーに瓶で頭を殴られたので、割れた拍子に媚薬入りワインを被ってしまったのだ。

全身ベタベタだったので洗ってくれた方はさぞ大変だっただろう。申し訳ない。

そう言うと、レアンドルは難しい顔をして何か思案し始めた。

「そうか……。それが鼻や口から入っただろうし、媚薬というのは肌からも吸収するのでな……とりあえず症状を抑える薬を飲ませたと医者が言っていた」

「そうですか……」

症状を抑える……そんな薬があるのか。

では、それを飲みつつ大人しく養生していれば治るのだろうか。

あからさまにホッとしたアメリアに、レアンドルは言い辛そうに言葉を重ねる。

「……アメリア、薬は根本的な解決にはならない。何回か服用すれば、すぐ効かなくなる」

「では、どうすれば」

「この媚薬の厄介なところは、男は……その、精を吐き出せばすぐ治まる。だから……言い辛いが、率直に言うと、自慰をすれば、すぐ治る」

「……」

何だか話の雲行きがあやしくなってきた。

「だから君を襲った男……子爵家の次男は既に回復済みだ。だが、問題は女性である君だ」

「わ、私も、じ、自慰をすれば良いということでしょうか」

「ぶっ……！　ち、違う！　ま、待て、君は自慰をするのか⁉」

「いえ、やったことはありませんが、教えていただければ……」

「ぶふっ！」

何かマズかっただろうか。レアンドルが真っ赤になってしまった。

今世の倫理観はよく分からないが、前の世界では特に禁忌とすべきことでもなかったので、やり方を教われればどうにかなるのでは。

「……ふぅ、ち、違うんだ。この媚薬の厄介なところは、女性の負担が大きいところで……男が吐き出せば良いなら、反対に女性は……精を、受けなければならない」

「……‼」

出た……‼　なんや、そのテンプレ……‼

天を仰ぎ見たアメリアに、じりりとレアンドルが近づいてくる。

も、もももしや……⁉

「ちょ、ちょっと、離れて下さい、辺境伯様……！」

「俺の言いたいことが分かったか？」

「何となく察しましたけど、それは、ダメです……！」

「何故だ？　俺は君の夫だ。君に精を注げるのは俺しかいない」

「夫としてお会いしたのは今日が初めてです！　そこまで迷惑かけられません！」

レアンドルはムッと不機嫌そうに眉を寄せる。何故そこで不機嫌になるのか、訳が分からない。

「……迷惑ではない」

「いやいや、形だけのお飾りにもなっていない妻にそこまでしなくても大丈夫ですよ」

「……二年も会わず、君がそう思ってしまっているのは俺の落ち度だ。いくら責めてもらっても構わない。先ほど言ったように俺を許さなくていい。……だが、今の君を放っておいて別の男に抱かれでもしたら、俺は……自分を許せない」

「……何ですか、それ。義務感だけで抱かれたって、私だって嬉しくないですよ」

「違う‼」

レアンドルの大声に天蓋がビリビリと揺れた。

呆気に取られて彼の顔を見つめると、美しい顔が苦渋に満ちて歪んでいる。

「……義務感や罪悪感だけなら、とっくに君を本城へ呼んでいる。……いや、アメリアはこんなところに縛り付けるより解放した方が喜びそうだな。君は貴族という地位に何の未練もなさそうだし、外で働けば、あんな小屋よりよほどちゃんとした家に住める上に、きちんとした食事だってとれる」

「え、いや、小屋でだってちゃんとした食事してましたけど……」

そんなアメリアの突っ込みもレアンドルの耳に届かないのか、華麗にスルーされる。

「それでも、君に形だけでも妻でいてほしくて……ここにいてほしくて、わざと放置した」

「わざと？」

「……早く君に謝罪するのが一番だと分かってはいた。だが、真実を話して、君に嫌われ……あまつさえ出ていかれてしまったら、と思うと……こわかった」

「……え？　んっ！」

離された手を、もう一度ふわりと握られる。

「君は……俺にあんな仕打ちを受けても尚、楽しそうに、前向きに、生きていた。そんな君を見て、夫としての交流はなくとも、俺が何もせず何も言わなければ、このまま……城の端ではあるが、ここに君はいてくれると、わざと放置した。俺は……逃げたんだ。本当にすまない」

湧き上がる痺れに手を引こうとするも、男の大きな手のひらから逃れる術はなく、ただ搦めとられていくばかりだ。

「は、ふぅ、辺境伯さ、ま」

「アメリア、君が好きなんだ」

――ん？

……なんか、すごい台詞が聞こえたような。空耳か？　幻聴か？

「先日、君に口づけをしたのも、君があまりにいじらしくて……」

「え、えーと、では、さっきのは？」

「それは、罠ではないと分かってほしくて……」

「えぇ……」

ものすごい美形が頬を染めて、ちょっと照れ照れしている。あれ、幻聴ではない？　媚薬が見せる白昼夢⁇

「ちょ、ちょっと待って下さい。いつ、どのタイミングで好意を持たれる要素なんてありました？辺境伯様の罪悪感からくる妄想では？」

「酷いな、初恋なのに」

「う……！」

憂いを帯びた黒い瞳で見つめられると、メデューサの視線の如く動けなくなる。イケメン光線ヤバい。

「アメリアが俺のことを好きになれないのは仕方のないことだ。俺はそれだけのことをした。ただ、これは義務感からではなく、俺の意思だと分かってほしい。君は……嫌だとは思うが、治療だと思ってくれると有難い」

「嫌というか……」

嫌とか嫌じゃないとか、正直分からない。

だってレアンドルを認識したのはついさっきなのだ。そんなこと急に言われても判断などつかない。

「もし、俺のことを見たくなければ、目隠しをしてとか……なるべくアメリアが不快にならないように配慮する」

「そ、それはそれで変なプレイに……、ぁ、んっ！」

ふわりと男の逞しい懐に捕らわれた。

抱きしめられている――そう認識すると、心臓が早鐘のように暴れだす。

媚薬のせいなのか、触れ合う刺激が苦しい。……苦しいはずなのに、全身を包むレアンドルの体温から逃れられない。

「……」

――ベンに襲われた時。

確かに、この優しく温かい体温を思い出した。

穏やかな低い声。表情の乏しい美しい顔。時折アメリアを心配して揺れる瞳。

「……嫌、では……」

アメリアの心の蓋を壊し、一番奥に触れてきた、優しく温かい、男。

――もう一度会いたかった。

罠だったとしても。

「アメリア……？」

この男は、優しく温かいと、私はもう知っている――。

「……嫌では、ないです」

いつぞやと同じ台詞を繰り返す。

顔が熱い。

分かっている。

この状況でそう答えることの意味を。

どうしたら良いか分からずレアンドルをじっと見つめると、彼は困ったように微笑んだ。

珍しい。彼が笑うなんて。

あの馬車の中で見た、幻のような微笑が目の奥に焼きついて離れない。

「……アメリア、そんな目で俺を見るな。理性が焼き切れそうだ」

「え、……ん、んぅ！」

目の前に迫る黒曜石の瞳に驚く間もなく、噛み付くような口づけが降り注ぐ。

「っ、んんぅ……！　待っ……、ふぁ……！」

今までの穏やかさは皆無だった。

酸素を求めて薄く口を開くと、待ち構えていた厚い舌が侵入しアメリアの薄い舌を搦めとる。

アメリアの体は媚薬のスイッチが入ったように快感を拾い、全身が蕩け始めた。

「はぁ……すまない……優しくしたいのに、できない……」

「……んんぅ……ダメ、ですよ……優しくして、ください……」

「ふ、それが煽っているというのに……。君は、そういうところが『悪女』だな」

「あっ……や、ぁっ……！」

首筋にぴりりとした痛みが走る。

痕をつけられたのだと理解すると、すぐに厚い舌が同じ場所をべろりと舐めた。

「上書きする」

「え……？」

「あの火事から救出した時、君の首筋に痕があった……。治癒で治してしまったが、怒りで血が沸くかと思った」

「……っ」

武人が発する圧に体がすくむ。

それに気付いたレアンドルは、アメリアの額に触れるだけのキスを送ると、その細い体を再びふわりと抱きしめた。

「……辺境伯様」

「レアンドル……いや、レアンと呼んでくれ」

「そんな……」

「頼む……アメリア……いや、リア」

「んんっ」

耳元でバリトンが囁き、そのまま耳朶を甘噛みされた。耳穴にねとりと舌が侵入する。

「やっ……！　あん、ん……！」

「可愛い……リア……」

お腹の奥でよく分からない熱が膨らむ。

ぴちゃぴちゃと耳を犯しながら、武骨な手は服の上からやんわりと双丘を包み、弄り始める。

次の刺激を期待するようにプクリと勃つ乳首が布地を押し上げ、擦られる先端がこそばゆい。

「……っ、んゃ、あ……ジンジン、する……」

「……分かった。取ろう」

「っ、あっ、ぁん……！」

腰の紐をほどかれると、レースのネグリジェはペロリと捲れ、アメリアの細い裸体が露になった。

こんな服を着ていたのかと一瞬脳裏に冷静さが掠めるも、僅かに触れる生地すら刺激となって、脱がされながら体が跳ね、最後に秘所を守るショーツがしとどに濡れる。

「あぁ……リア、綺麗だ……」

「はぁ……はぁ……、あつい……、辺境伯、さま……」

「レアンと」

「……っ、レアン、さま……あぁぁっ……！」

何も触られてはいないのに勃ち上がりきった乳首を、指の腹で擦られ、反対側の乳首はおもむろに口に含まれた。

「ぁんっ……あっ！　や、ぁっ……！」

熱い粘膜の中で、舌が乳首をくにくにと押し潰し、唇でこりこり甘く噛まれる。

下腹に溜まる熱が急激に渦を巻いて、頭が追いつかない。

「ダ、メ……っ、ぁん……！　くるし……、もぉ、なんかきそうです……！」

「媚薬のせいだ。リア、快楽に身を任せろ」

「ん、んん……！」

再び唇が重なる。先ほどよりも丁寧にレアンドルの舌が絡まり、執拗に愛撫される。裏筋を、歯列を。

ちゅくちゅく響く粘着質な水音は耳からもアメリアを犯した。

「ん……ふぅ……っ、んく……」

レアンドルの剣ダコが乳首を掠める。硬い手のひらで乳房を揺らされると、愉悦のようなものが広がり下をじわりと濡らしていく。

行き場所のない熱が全身を彷徨って苦しい。

「はぁっはぁっ……レア、ンさま」

「……つらいだろう、リア。一度達しておいた方がいい」

達する、とは。

もちろん前世の記憶もあってその意味が分からないわけではないが、なにぶん実践が伴っていなくてどうしたら良いか分からない。

レアンドルがおもむろに下へ手を伸ばした。

「っ！」

「……すごいな、ぐしょぐしょだ」

その含んだ笑いにカッと一気に顔が赤くなる。

恥ずかしい！　恥ずかしい！

そんなアメリアの気持ちを察したのか、レアンドルは目元に柔らかい口づけを送り、ふわりと微笑んだ。

「気にするな、媚薬のせいだ。それに、俺の手でこんなに濡れたかと思うと……嬉しい」

至近距離で黒曜石が煌めく。

だ、だから！　その顔はダメですって……！

「やっ……!?」

濡れたショーツの上からレアンドルの指が割れ目を擦り始めた。

自分でも排泄時と風呂でしか触らない場所を、男の太く長い指が行き来する。

「なっ、そんな、とこ、……ぃや、んっ！」

吸い取り切れない蜜が溢れてシーツを汚していく。

レアンドルの爪が割れ目の上の突起を掠めると、雷に打たれたように体が跳ねた。

「っ!?　んゃっ……!?」

「女性はここで気持ち良くなれるはずだ……。リア、快楽に身を任せろ」

ショーツを潜ってレアンドルの指が直に秘所へ触れた。

「！　あっ、っ……ん……！」

ぐちゅっ、と、格段に水音が大きくなる。

指は襞(ひだ)をほぐすように、開くように、蜜を塗り付け、入るか入らないかのところに宛がうと、蜜(みつ)壺(つぼ)が健気にキュウッと収縮した。

「ふ、可愛らしいな……俺の指を咥(くわ)えようとしている」

「はぁはぁ……もぅ、そういうこと、言わないで、くださ……」

「あぁ、咥えるのはまた後で、だな」

「だから……！　っ、あぁっ……！」

指の腹で花芯を嬲(なぶ)られた。先ほどとは桁違いの電流が体を駆け巡る。

しかし、レアンドルはそれでは許してくれず、花芯を捏(こ)ねるのをやめない。続けて、何度も、コリコリと。

「あっ、あっ、あっ、……や、ぁっ、あ！　ぁん！」

「リア、体を俺に委ねるんだ」

「っや、なんか、くる……！」

「そうだ、そのまま気持ち良くなることだけ考えて」

レアンドルの指が熱い。

「んやっ……レアン、さま……！」

一際強く花芯を潰され、乳首を甘く吸われる。渦を巻いていた熱が下腹で一気に膨らんだ。

「あぁぁぁっっ…………！」

目の前が白く、チカチカする。溢れ出た蜜がレアンドルの指を汚した。

「……んっ、はぁ、はぁっ……ん……」

「上手にイケたな、リア。だが、まだ一回目だ。まだ続くぞ。頑張ろう」

頑張ろうって……。流石「デュボア」。体育会系だ。

こっそり「〝身体強化(ストロングボディー)〟」と呟いたアメリアを誰も責められないだろう。

「やっ……あっ、あぁぁっん……！」

もう、何回達したか分からない。

太い二本の指がグリリとナカの弱い一点を押し、厚い舌で花芯をコリ、と潰されると、アメリアは腰を浮かして何度目かの絶頂を迎えた。

「良かった。一度達すると体がイキやすくなったな」

「はぁ、はぁ……、レアンさま……もう……」

暗に「早く挿れて終わらせてくれ」と乞うも、レアンドルは緩く横に首を振る。

「だめだ。リアは初めてなのだから、念入りにほぐさないと」

真面目か。こんなところまで「デュボア」だ。

「……初めてだと、信じて下さるのですね」

「ふ、まぁ、この様子だと初めてだろうな、と思うが……白状すると、昨日医者が調べた。事件が事件だったのでな……許してくれ。魔法なので害はない。あと、調べたのは女医だ」

……そうなのか。貴族なので、それも必要なのだろう。配慮してもらったようだし、それでリリーが撒いた悪評が晴れたなら良しとするべきなのかもしれない。

「恐ろしい思いをしただろう。その上、俺とこんなことまで……なるべく痛くないよう、善処する」

「んゃっ……！」

レアンドルの舌がれろれろと細かく花芽を弾いたかと思うと、一転ぬるぬるとじっくり芽の上を這う。

「あんっ、ぁん、や、あん！」

「ここ、硬く勃ち上がってきたな……ぬるぬるで気持ち良さそうだ」

「……ぁん、んっ……」

「ナカも柔らかくなってきた……大丈夫か？　痛くないか？」

そう、美丈夫が眉を下げる。やはり、優しい。……実況は卑猥だが。

「……」

デュボア領の人々は皆、幸せそうで、そして堅実に生きていて。

この二年間、そんな毎日を見聞きして、辺境伯に憧れのような、尊敬のような気持ちを抱いたのはいつからだろうか。そんな遠い存在——辺境伯であり、実感は湧かないが夫である男が今日の前にいて、自分を好きだと言ってくれている。

一筋、ほろりと落ちた涙は生理的なものか、アメリアの心か。自分でも分からない。

「レアン、さま……」

——いいのかな……。

私が、好きになっていいのかな。

こんなことを考える時点で好きだろう、と、冷静なもう一人の自分が突っ込む。

転生してから今まで、アメリアを愛してくれる人はいなかった。

もちろんバイオレットやミアなど、親切にしてくれる人はいたけれど。それがあったからやってこられたけれど。

真に愛してくれる人はいなかった。

本来なら家族から愛され愛を知り、大人になったら愛してくれる男性に出会って、愛し愛され結婚するのだろう。

けれど、アメリアにそんな感情を教えてくれる人はいなかった。

だから、諦めた……というより、自然と何の期待もなかった。

一人で生きていくのが当然だと思っていた。

そんな私が。今さら——こんな素敵な人を、求めていいのだろうか。

私がこの世界で、愛を求めてもいいのだろうか——。

「リア……」

愛おしそうにレアンドルの手がアメリアの頬を撫でる。

……いや、一人。いたじゃないか。

アメリアに温かい感情を教えてくれた人が。

優しく温かく包み込み、時には、アメリアが自分でも気付かずに作っていた壁を壊してくれた男(ひと)。

それは、

——「レック」。いや、レアンドル・デュボア。

目の前の、この男だ。

「んんぅ……」

そう意識すると、途端に膣内がキュウキュウとレアンドルの指を締め付けてしまう。

「はぁ…んっ……」

「リア？　どうした？」

何度も熱を逃がし、少し落ち着いたはずの体がまた疼く。

心配そうに揺れる黒い瞳とは裏腹に、窮屈そうに張ったトラウザーズが時折アメリアの太ももに触れる度、求められている喜びにナカが震える。

「大丈夫か？」

違う。そんな顔を見たいのではない。

「ぶり返してきたかもしれないな……。待て、また手で……」

違う。嫌だ。

「……や、レアンさま……いや……治療、だなんて、思い、たくない……」

「……リア？」

ぼろぼろと涙の粒がこぼれ落ちる。

蓋をしたはずの気持ちが、膨れ上がって溢れ出す。もう抑えきれない。抑えたくない。

冷静に治療なんてしないで。

お願い。もっと私を求めて。

心の奥が、そう叫ぶ。

「前言、撤回、しても…いいですか……？」

「リア、」

未だ上着も乱していないレアンドルのシャツを掴む。

「やさ、しく、しなくてもいい、です。早く、レアンさまも、脱いで、ほし……」

「っ！」

求めたい。そして、求められたい。

「レアンさま、私も、レアンさまのこと、好き、です……！」

「リアッ……！」

黒曜石の瞳が見開かれる。

「早く、私を、レアンさまの、ものに、して……！」

お願い。

もっと熱くなって。

私で、熱くなって。

「んふっ……！」

再び噛みつくようなキスが襲いかかった。

早急に熱い舌が歯列をこじ開け、口内を蹂躙(じゅうりん)する。

「……んぁっ、はぁ……はぁ、ン……」

「……リア」

シャツを脱ぎ捨て現れたのは、男の厚い胸板。そして見事に割れた腹筋。その彫像のような肉体に思わず息をのむ。

はー、はー、と肉食獣のような低い息遣いが耳に響き、本能的に体が強張る。

大きい男の肉体は徐々にアメリアを組み敷き、退路は完全に塞がれた。

「……どうにか抑えていたというのに……覚悟してもらおうか、リア」

覚悟。何の。

覆い被さってくる圧倒的な雄の匂いに、ヒクリと奥が震えて蜜を吐き出す。

見上げたレアンドルの瞳は、漆黒に炎のような赤が揺らめき、不思議な光を放っていた。

＊＊＊

「……っ！　んっ……」

蜜口は蕩けきり、先走りでベトベトの先端を押し当てると、すぐに剛直を飲み込み始める。

「うっ、く……待て……リアっ……！」

「あっ、あっ、痛っ、あっ、あっ、あぁぁっ……！」

ゆっくりゆっくりと思っていたのに、アメリアのナカは貪欲にレアンドルを奥へ誘う。

媚薬のせいだろう。破瓜(はか)して痛いだろうに、奥にこつんと触れただけでアメリアはすぐに達し、レアンドルをぎゅうぎゅうと締め付けた。

「くぅ……！　もう達するなど……！」

「あぁっ……やっ、レアンさまっ……！」

キツく温かい膣内はレアンドルを迎えた喜びで震え、絡み付いてくる。

枕に広がる陽光のような金の髪。濡れた新緑の瞳はレアンドルを映し、紛れもない情欲を宿している。

俺が、俺だけが見るアメリアの姿。

そう思うと、また一層熱杭が膨れ上がる。

「っ、ちょ、大きっ……」

「はぁっ……！　挿れただけでイキそうだ……！」

打ち付けたいのを我慢して、ゆるゆる腰を揺らす。

繋がっている部分から流れシーツにできる赤い染み。その事実がレアンドルに薄暗い喜びを与えた。

医師から媚薬の件を聞いた時、絶対にアメリアを他の男になど渡せないと思った。

贖罪や悔悟、果ては義務感などでは到底表現できない気持ち。

――そうか。俺はアメリアが好きなのだ。

そうストンと認めてしまえば、あとはその恋情が膨れ上がるばかりだった。

一方、不安が募る。

アメリアに拒まれたら……いや、確実に拒まれる。他の男がいいと言われたら――嫌だ。絶対に認められない。

言葉が足りないといつも言われるが、特に理解されなくても構わないと思っていたから直すこともなかった。

ただ、アメリアには。アメリアだけには誤解されたくない。

――「アメリア、君が好きなんだ」

だから、ストレートに告白した。

それでも信じてもらえていないようではあったが、最終的に「嫌ではない」と言ってくれた。

今はそれで十分だ。そう思っていたのに。

――「私も、レアンさまのこと、好き、です……！」

信じられない。こんなに幸せなことなどあるのだろうか。

先ほどのアメリアの言葉を噛みしめると、また彼女のナカで己の欲が膨らむ。

「あっ、あん……！」

「リア……こんな小さい体で俺を受け入れて……偉いな」

「や、あっ……レアン、さま、いっぱい、だからぁっ……！」

「そんな可愛い声で、そんないやらしいこと言われたら……はぁっ……リアは俺を煽る天才だな……」

「違っ……んんんぅ……！」

蜜壁を擦りながらぬるぬるに勃ち上がった芽を親指で潰すと、アメリアは再び達してナカが痙攣（けいれん）する。

「はぁっ、はぁっ……違っ……いっぱいで、大変って、ことです……！」

「くっ……同じことだ」

下から睨んでくるが、そんな潤んだ目ではただレアンドルの欲情を煽るだけだと、アメリアには分からない。

「俺の形を覚えてくれ」

「！　んくっ……！」

ずん、と重く奥を突いた途端、また細い体は揺れ、男の剛直を搾る。

「やっ、待っ、て……！　イッてるからっ……ぁっ、あん、イクの、止まらないっ……！　ンッ、あっ……！」

「っ……！　締まるっ……」

続けて二、三度最奥を打ち、子宮口をこじ開けるように腰を回すと、アメリアの嬌声は一層高くなった。

「あぁっ、ダメッ……！　そこ、ダメ、ダメッ……！」

「はぁっ、はぁっ……もう、イキそうだ……！」

「あっ、あっ、あっ、あっ……！」

結合部から漏れる水音が部屋中に響き、耳から犯す。

「リア……リアッ……！　好きだっ……愛してる……！　リアの一番奥に、注がせてくれ……！」

そう言うと、ナカがぎゅうと締まった。

「くっ……そんな可愛い反応……！　リアッ……！　あぁっ、出る……！」

「あぁあっ……！　レアン、さま……！　レアン、さ……あっ、ぁああ……っ！」

「くぅ……！」

呆れるほど大量にアメリアに注いだ。

受け止めきれない子種が蜜穴から溢れるも、それすら許せず腰を揺らして奥に塗り込もうとしてしまう。無意識とは恐ろしい。

「……はぁはぁ、リア、大丈夫か？」

肩で息をしている彼女は、心ここにあらずといった表情ながらも緩くコクンと頷いた。

未だ膣内は可愛らしく震え、レアンドルを離さない。

「っ、ふぅ……リア、愛してる……」

「んっ……」

ぷくりと腫れた唇を柔く食む。甘い。漏れる吐息さえ甘い。

しばらくそんな官能的な甘さを貪っていると、アメリアの瞳は焦点を結び、理知的な光が戻ってきた。

「……媚薬は切れたか？」

「はぁ、ふぅ……、どうでしょうか。全部とは言えませんが、だいぶ」

「それは、良かった」

「少し残念だが」と耳元で囁くと、耳から頬に朱が走る。可愛らしい。

ずるりと剛直を抜き、横に向かい合って、ぎゅ、と抱きしめる。小柄な妻はレアンドルの腕の中にすっぽり収まり、まるで誂えたようだ。

まずいな。全く離れられそうにない。

「辺境伯様、あの……」

「レアンだ」

「レアン、様」

媚薬が切れて冷静さを取り戻したからだろうか、呼び方が戻ってしまった。まだ可愛がり方が足りないのかもしれない。

「どうした?」

「リリー……妹は、どうなるのでしょうか」

「あぁ……」

こんな時すら、あんなしょうもない義妹を心配するとは、妻はどれだけ聖女なんだ。愛しい。愛しいしかない。

「もう少し落ち着いてからと思っていたが……、そうだな、義妹とガーランド家の今後の話をしよう」

そう言うと、アメリアは神妙に頷いた。

「実は前々から調査していてな、ガーランドの悪事の証拠は揃っているのだ」

当主——アメリアの父が違法な事業や賭博に手を出しているのは明らかで、その上、書類仕事をアメリアや執事にやらせ、自分のサインをさせていた。公文書偽造だ。義母も派手な散財や男遊びに明け暮れ、違法な社交場に出入りし、違法薬物を使用していた。義妹リリーは、アメリア誘拐は元より、違法魔道具と違法薬物の使用など、家族揃って罪状のオンパレード。

今回の誘拐事件は領主であるレアンドルが裁判権を持っているので、厳しく裁くつもりだ。

王も王太子も了承済みで、王都でも裁判になり次第、沙汰が下されるだろう。

「死罪とまではいかないが、当主は終身刑で一生地下労役、義母と義妹は別々に罪人専用の修道院送りで、一生労役といったところか」

「そう、ですか……」

「情状酌量を求めるか？」

「……いえ、死罪でないなら……いいです。罪は償わないと」

死罪でないと聞いて、アメリアは明らかにホッとしているが、地下労役にしても罪人専用修道院にしても環境はかなり厳しい。貴族で長らく生き延びた者はいないと聞いている。アメリアには言わないでおこう。

「……私も、父の名でサインをしていました。罪に問われますか？」

「いや。命令されて仕方なく、と執事も言っていた。状況的にもそう判断され、それこそ情状酌量で君も執事も無罪になるだろう」

「そうですか……。執事さん、良かった……」

共に罪と知りながら、潰れそうなガーランド領をどうにかこうにか支えてきた二人なのだろう。

執事もアメリアのことはだいぶ心配していた。時機を見て会う機会を設けよう。

陽だまりのような柔らかい髪に指を絡ませ、口づけを落とす。レアンドルの胸の中からおそるおそる見上げてくる大きな瞳は不安に揺れていた。

「リア？」

「……私は、罪を犯した家の人間です。レア……辺境伯様の妻では、いられません」

「リア自身は何の罪も犯していないことは調べがついている。それに、二年前に俺たちの婚姻は成立している。リアはその時点でデュボアの人間だ。法律的にも何ら問題はない」

「ですが……んっ、んーっ！」

まだ何か言いたそうな唇を強引に塞ぐ。言葉を紡げないよう何度も何度も啄むと、やがて諦めたのか、強引に割り込んだレアンドルの舌に合わせて薄い舌が絡まり出す。吐き出したものの一度も萎えない剛直は再び芯を持って質量を増し、アメリアの腹部に存在を主張した。

「へん、きょうはく、さま……」

アメリアの震える声も意に介さず続ける。

「……通常、こんなことがあった家は取り潰しだが……デュボアが後ろ楯になることでガーランドを存続させる。王にも認めさせた」

「そ、それは有難いのですが、治める者が……」

「既にデュボアから人を送った。現在、俺が代理領主となっているが、我々の監督のもとに経営を回復させ、将来、俺とリアの子どもに継がせる」

「はっ……!?　っ、ん、んぅ……」

新緑の瞳が見開いたところに、再び柔らかく唇を重ねた。ねっとりと上下を食み、たまにペロリと唇を舐めると、瞳は甘く蕩ける。

「ふ、ぅン……、」

「……だから、デュボアの跡継ぎが一人、ガーランドの跡継ぎが一人。子どもが二人、必要だ」

「えっ……」

「ということで、リア。子作りを再開しようか」

そう再び覆い被さると、細い腕が伸び、レアンドルの胸を押し返す。

「ちょ、待っ……辺境伯様！」

「もうレアンと呼んでくれないのか？」

「……っ」

突っぱねられる手をそっと掴み、指先に口づける。ちゅ、ちゅ、と繰り返す唇の音に、ややあって、アメリアは覚悟を決めたように深く息を吸った。

「――レアン様、好きです」

再び紡がれたその言葉に、時が止まったような気がした。

先ほどのアメリアの言ではないが、いつ、どのタイミングで好意を持たれる要素などあっただろうか。

冷遇し、正体を偽り、媚薬を言い訳に関係を迫る。考えれば考えるほど最悪の男だ。

――あぁ、それでも。

この歓喜に打ち震える心に嘘は吐けない。

どうせ、彼女を手離せはしない。

「……リア、俺も好きだ……愛している……！」

「や、あぁあっ……！」

集まった熱を花襞に擦り付け、一気に押し入る。根元まで飲み込んだアメリアは、残りの媚薬を吐き出すようにまた達した。

「あっ、ぁんん！」

追い打ちをかけるように虐めすぎて卑猥に色付く胸の蕾(つぼみ)を擦ると、甘い嬌声が絶え間なく漏れる。

「胸は好きか？」

「……っ、分からない、です」

「ん？」

「やっ、あぁん！」

片方を少し強めに引っ張り、片方をコリコリと摘むと蜜壁は収縮し細い体は震えた。

「分からないか？」

分からせたくて胸を集中的に攻める。瞬く間に観念したアメリアは嬌声の合間にボソリと呟いた。

「もぉ……分かり、ましたっ……！　レアン様、に、触られるのは、好きです……！」

「！」

またしてもアメリアが爆弾を落とす。

たまらない。

いよいよ腰を揺すり始めたレアンドルに、アメリアは慌てて離れようとするが、臀部(でんぶ)を押さえられ動けない。

「なん、で……一回出しましたよね……!?」

硬く主張するレアンドルに、アメリアのナカは可愛らしく震える。それが刺激となってますます猛ってしまうのだが。

「覚悟してもらおうか、と言ったはずだが」

「そういう意味!?」

分かっていなかったようだ。

「だっ、て……レアン様、服も、脱いで下さらないし……始終落ち着いてたので……私ではご満足いただけなかったかと……」

「……!?」

自分の体がビシリと固まるのを感じる。

何なら興奮しすぎていつもより早く果てたというのに。やはり可愛がり方が足りなかったのか……！

「満足していないと誤解されるとは心外だ。リアは初めてだから加減したのだが……では本気を出そう」

「か、加減……!?　本気……!?」

「ふ、ナカが締め付けてくる……可愛らしいな」

「違っ……やぁぁっ！　ぁ、んん！」

再び艶めかしい体を組み敷き、上から子宮を潰すように剛直を突き立てた。

「あぁぁぁっっ……！」

抽挿を再開する。

かき出された子種とアメリアの愛液が混じり、蜜口で白く泡立つ光景は何とも淫靡だ。

「リア……リア……君のナカは気持ちがいい……。愛する人とすると、こんなに気持ちのよいものなのだな……初めて知った」

「幸せだ」と耳元で呟くと、また白い肌がほんのり色付く。

艶めく嬌声の合間、息も絶え絶えに「私もです」と囁くのは反則だろう。

滲む汗が胸の谷間を伝っている。

汗ごと白い肌に吸い付き痕を残すと、妻は一際高い声で啼いた。

第六章　私の望むもの

「レ、レアン様……これは、いったい……」

その日。

デュボアの本城にある広間に、使用人一同が集められていた。

すごい人数だ。広間が人で埋め尽くされている。

見渡すと一番端にミアがいて、輪には加わっていない。「ミア！　助けて！」と目で訴えてみるも、ミアは困ったように笑い、ファイトのポーズをするばかりだ。

ミア！　見捨てないでー！

「使用人全員に謝罪の機会を与えた。リア、聞いてやってほしい」

広間にレアンドルの低い声が響く。

「騎士団はまた別なのでな。それは後日としよう」

「え、ちょっ……」

「だが、先日も言ったが全ての責任は当主である俺にある。申し訳なかった」

「！」

レアンドル二度目の九十度謝罪。いたたまれない。

「ダッ、ダメですよ！　上の者が簡単に頭を下げては……！」

「リアは妻だ。上も下もない」

「ですがっ、」

「奥様」

集団の中から、キッチリとモーニングで身を固めたお爺さん——と呼ぶには風格がありすぎる古老が数歩前に進み、レアンドルの斜め後ろに控えた。

「クレマンさん」

「奥様、私のことはクレマンと」

もはや懐かしいやり取り。

二年、いやもうすぐ三年になるだろうか。久し振りに見るクレマンは記憶より白髪が増えたように思う。しかし、ビシリと伸びた背筋と鋭い目付きは健在のようだ。

「奥様、これまでのご無礼、大変申し訳ございませんでした」

「「「申し訳ございませんでした！」」」

クレマンも主に倣ってか九十度に頭を下げると、後ろに控える使用人一同も揃って頭を下げた。

ひぃぃぃぃぃぃぃ——!!

「ちょ……皆さん！　お願いですから頭を上げて下さい！　ホントに！　レアン様！　レアン様からも言って下さい！」

「この者たちの処遇はリアに一任する。どうとでも処分してくれて構わない」

「えぇっ……処分なんてそんな！　とりあえず頭上げましょ？　ね？」

「しかし、この者たちの口からリアの情報が漏洩したのだ」

「へ？」

聞くと。

どうも使用人たちは、王都からやって来た「悪女」の不遇を面白おかしく吹聴したらしい。

それは出入りの商人やお使い先の店員等々、大勢の口を伝い、当主の寵愛がないどころか会いもしないこと、果てはアメリアの居場所や待遇など、噂としてどんどん広まったようだ。

「人の口に戸は立てられぬ」とはこのことで、デュボア城のお膝元である領都は元より、旅商人の口から口へ、他領まで広がったという。

先日のパーティーでデイジーやジェシカが絡んできたのも、そのような噂が発端なのだろう。

デュボア領に潜入……というにはだいぶ杜撰だったようだが、デュボアへ潜り込んだリリーとベンも、その噂を耳にしてアメリアの誘拐を企んだようだ。

ベンに至っては例の〝隠蔽〟の魔道具を使い、一度下見として一人で城内へ侵入してアメリアのいる場所を特定していたようだ。

魔道具を使っていたとはいえ、敵の潜入を許すなどあってはならない。しかもベンやリリーといった素人の潜入を易々と許した事実は、レアンドルをはじめクレマンや騎士団のプライドをだいぶ傷つけたようだ。

「城と領内の警備を強化している」とレアンドルは苦い顔をして言った。

「皆の行ったことは立派な規律違反だ。仕えている主人の妻の居場所を明かし、その命を脅かした。許せるものではない」

「……いやでも、ちょっと噂話をしただけでそんな」

「甘く見るな、リア。君の命は本当に危なかった」

「……」

そうだけど。だからって。

「ですが、あの火事は私自身が起こしたもので……襲われるのを回避するのにアレしか方法が思いつかなかったんですけど……。むしろ消し止めてもらって山火事にならなかったのは、こちらが感謝したいくらいですよ」

「しかし、君が魔法を使えたから良かったものの、普通だったら瓶で殴られた時点で死んでいたかもしれん」

確かにそうだけど……。

「火の海の中、鎖で繋がれ気を失っている君を見て……俺は……気が狂いそうだった」

「……」

心配をかけてしまったのだな……。美麗な眉を寄せるレアンドルにアメリアは何も言えなくなる。

「君の名誉の回復については新聞などで随時行っている。義妹の罪を明らかにし、新たに君の真実の姿を流すよう間者に命じているので、ゆっくりではあるが回復していくと思う」

「そんなことまで……。ありがとうございます」

悪評についてはレアンドルの責ではなく、リリーのせいだというのに。何だか申し訳ない。

しかしその「真実の姿」とやらもまた逆に誇張されているようでこわいのだが。

使用人たちは皆、頭を下げながら震えている。

困った。

「えーと……うーん……。それでは、これからもデュボア家に忠誠を誓い、真面目にお仕事をして下さい。それが罰です！」

「「「え……」」」

使用人たちもレアンドルもきょとんと固まった。

「リ、リア……それでは今までと何も変わらないのだが」

「はい。だから変わらず頑張って下さいってことです。私はそれで十分です」

だいたい人の人生を変えるとか何の重責だ。

これから辺境伯夫人としてやっていくのであれば、そういう場面も出てくるのだろうか。ああ
……気が重い。

「……リア、君は……やはり聖女……」

「違いますよ」

早めに、そして強めに否定しておく。

ふと見ると、使用人たちも一様に目がウルウルしている。やめてほしい。過大評価だ。

「「「奥様‼　これからも粉骨砕身！　身を粉にして旦那様、奥様、そしてデュボア領に尽くします‼」」」

圧。すごい圧。

あれ、この方たち騎士団ではないのよね？　普通の使用人の方たちだよね？

そんな若干引き気味な雰囲気が顔に出ていたのか、この城の使用人たちは騎士団上がりの者が多いのだとクレマンが説明してくれた。

かく言うクレマンも騎士団の副団長まで務めていたという。なるほど、鍛えていそうだと感じた初日の感想は間違っていなかったようだ。

怪我などで戦えなくなった者、高齢になって第一線を退いた者。「城の使用人」という職はそういった人たちの受け皿になっているようだ。そんなセカンドライフの保障まで。手厚い。危険と隣り合わせではあるが、厚待遇なので騎士団は人気職なのだそうだ。素晴らしい。

そうこっそり感動していると、レアンドルがこちらへ向き直った。

「だが……それではこちらの気が済まない。何か要望はないのか？」

「要望……？　いえ、特には。今まで通り暮らせれば、それで」

アメリアの返答に夫はまたも眉を寄せる。

「今まで通りとは……もしや、あの小屋でか？」

「はい。あ、ご迷惑でしたら、外で借りられる家でも探して出ていきますが……」

そう言った途端、レアンドルから凄まじい冷気が押し寄せた。

「リア、あれほど俺がここにいてほしいと、愛しているのに……。君も俺が好きだと言ってくれたではないか……！」

「わぁぁぁー！　レアン様！　皆さんが聞いてるので‼　しーしー！」

「まだ言い足りないか？　リア、愛して……」

「わーわーわー！」

使用人全員が目を丸くしている。

自分たちが敬愛し仕える当主、常に冷静沈着な「漆黒の麗人」が、「黒の国境の番人」が、妻に惜し気もなく愛を捧げているのだ。それは目も丸くなるだろう。

「リア……」

おもむろに顔を近づけてきたレアンドルの大きな体を押し返す。

ちょちょちょ！　この人、公衆の面前でキスしようとしてる！　そうだ、この男は監視の騎士がいてもキスしてきた男だった！

「ダダダ、ダメです――！」

使用人一同の目が丸を通り越して生温くなっていくのを肌で感じる。

「……旦那様、その辺にしたらいかがですか」

クレマンが見かねて助け船を出してくれた。ありがとうありがとう！

渋々引いていくレアンドルにホッとするも、離れていく重さと体温に少し寂しい気がしてしまう自分がいる。

そんなアメリア自身も――相当重症だ。

＊＊＊

本日、久し振りにバイオレットが打ち合わせにやって来た。

いつもの小屋、いつもの庭とも言えない庭に、いつものテーブル……いや、テーブルセットだけは新調したのだが、いつものガーデンパーティー開催中だ。

テーブルセットはレアンドルが立派なものをプレゼントしてくれた。「レック」としてここに来ていた時から、あまりのガタガタぶりが気になっていたらしい。

「私の手作りだったから、その辺ちょっとご愛敬的なとこありましたしね。バイオレットさんはここで大丈夫でした？　本城の応接間とか庭のガゼボとかもご案内できますけど……」

「いえいえ、私は平民ですから。正直こちらの方が落ち着きます」

「分かります～」

「分かっちゃマズいんじゃないですかね、奥様……」

そう呆れるバイオレットは、今日もキッチリと後ろ髪を編み込んだ眼鏡の似合う知的美人さんだ。

護衛騎士のローガンがそわそわしながら数歩下がって、そんな彼女を見つめている。

最近気付いたのだが、どうやらバイオレットは騎士団の皆さんに人気があるようなのだ。アメリアを監視していた二年間も、彼女が来る日の監視役は争奪戦だったそうで。

監視されていた本人としては何だかな～な話ではあるが、まぁ、恋話（こいばな）ができるほど騎士たちと打ち解けたということで、良しとしよう。

騎士たちはずっとアメリアと親しく話すことを禁止されていたようだ。……まぁ、そうだろうなというカンジだが。だからか、解禁当初は来る騎士来る騎士に謝罪を繰り返され、二週間を過ぎたあたりでアメリアが打ち止めとした。流石に毎日毎日謝られると疲れる。

「表立って手助けできず……申し訳ありませんでした」

そう何人もの騎士たちが頭を下げてくれたが、梯子や柵をこっそり作ってくれたのを覚えているし、優しい人たちなのは分かっている。

しかも、監視半年を過ぎたあたりから、バイオレットの調達物資の中に彼らからの差し入れが紛れ込んでいたらしい。全く気付かなかった。

バイオレット曰く。

「いつも御用聞きしてましたけど、奥様結構頼み忘れるじゃないですか。必要最低限のもの……小麦粉とか塩とかは忘れないけど、砂糖とかなくても何とかなるものは忘れてたり。ミアちゃんや騎士様たちが『砂糖があればジャム作れるのになぁ』とか『紅茶飲みたいなぁ』とか言う奥様の呟きを記憶して、私に頼んでたんですよ」

とのことだ。

なんと。バイオレットが気のきいたものを妙にタイミング良く買ってきてくれると思っていたら、そういう仕掛けだったのか。しかも、二年が過ぎた頃からは毎日ミアが調達してきてくれる野菜などもレアンドルによって増やされていたようで。どうりでここ数か月、野菜だけでなく肉や卵も毎日入っていたはずだ。いつからか野菜も切れ端ではなくなっていたし、何故気付かなかったのだろう自分……。いや、当主が野盗討伐から帰還して「辺境伯くらいになると、美味しいところだけ食べてあとは捨ててしまうらしい」とか何とか真しやかに囁かれているのを聞き、余りが増えたんだな～ラッキーくらいに思っていた。

知らず知らず、優しい人たちに支えられていた三年間だった。一人で生きている気になっていた自分が恥ずかしい。

そしてそして。

今、アメリアは「衆人前で恥ずかし気もなく愛を囁く事件」を聞きつけたバイオレットとローガンの生温かい目に晒されている。

「……あんな人前で……」

「まぁまぁ、愛されてるってことじゃないですか」

バイオレットの、これまた生温かい台詞が突き刺さる。

テーブルに突っ伏すアメリアを見かねてか、後ろに控えるローガンまでもが口を開いた。

「奥様、おそらく旦那様の行動は、使用人全員に『奥様を大事にしている』ということを周知させるためだと思いますよ。これで奥様を軽んじる使用人はいなくなるはずです」

そんな台詞に、傍らでお茶を用意している侍女も、そしてミアも、うんうんと頷いている。

慰めともつかない、尤もらしい言い分だ。

結果そうなっただけで微妙なところだとアメリアは思っているが、ローガンの手前、口を開かないでおいた。主君を美化……んん、尊敬するのは悪いことではない。

「あ、チェルシーさん、奥様のミルクティーはミルク先入れです」

「そうなのね。ミアありがとう」

そんなミアと侍女、護衛騎士と共に、チェルシーの声が聞こえてくる。

新生活となって、アメリアにも正式な侍女がついた。

チェルシーは元騎士団員で、結婚出産を機に七年前に侍女へ転向。言わばアメリアの専属侍女兼護衛といったところだろうか。元騎士らしく凛とした強く美しい女性だ。

そして、ミアも正式に侍女見習いとして、教会の学校に通いながら、チェルシーの横で侍女の仕事を学んでいる。

侍女というのは一定階級以上の女性がなるものと聞いていたが、当主であるレアンドルが構わないと言うので、引き続き本城でもミアに仕えてもらった。勝手知ったる存在がいてくれた方がアメリアとしても安心する。

「奥様のことでしたら何でも聞いて下さい！」

そう小さな胸をちょこんと張るミアが可愛らしい。

もちろんチェルシーの方が先輩ではあるけれど、アメリアに関してはミアの方が長い付き合いだ。

時折、ミアが先輩風を吹かせてチェルシーにマウントを取ろうとするのが、子どもらしくて可愛いとチェルシーもほっこりしている。自分の子どもと歳の近いミアを見ると、つい母の目になってしまうのだそう。

「ふふ、ミアは奥様のことが大好きなのね。『ミア』と、旦那様が奥様を呼ぶ『リア』。姉妹みたいだわ」

「チェ、チェルシーさん！　そそそんな！　奥様と私が姉妹だなんて滅相もない！」

ぶんぶんと首を横に振るミアに、皆の朗らかな笑い声が降り注ぐ。

そんな微笑ましい侍女二人が淹れた、今までより格段に美味しい紅茶を口に運んだバイオレットは目を細めた。

「『チーム・アメリア』。少数精鋭でいいカンジですね」

「はい～。レアン様には我儘を言ってしまいましたが、ホント何人も侍女さんを付けられないで良かったです」

本城での生活をサポートするのに流石に子どものミア一人では、ということで始まったアメリアの専属侍女選定であるが、基本、貴族女性の侍女は大勢いて、それぞれに役割があるものだ。しかし、そもそもアメリアは自分のことは自分でできるし、あまり大人数が周りにいるのを好まない。お茶会や夜会など貴族の付き合いイベントではドレスの着付けや化粧などが発生するので専門の侍女の助けが必要だが、それ以外の日常では一人でいい、とレアンドルへゴリ押ししたのだ。

「あの過保護でお馴染みの辺境伯様がよく納得しましたよねぇ。それに、この小屋もですけど……奥様、この小屋と城との二拠点生活してるんですよね？　これもよく辺境伯様が許しましたね」

「私の粘り勝ちです」

それは「小屋で生活したいアメリア」対「本城に住んでほしいレアンドル」の戦いであった。

この小屋は、ボロボロだった状態からアメリアが修繕し、ラグやマット、カーテンも自分で手縫いして調えたのだ。愛着がある。

「しかし、防犯の観点からいっても本城に住んだ方がいいと思いますよ」

そうローガンが眉を下げる。

「それを言われてしまうと……」

そうなのだ。レアンドルもそれを一番推してくる。まんまと小屋から攫われてしまったのだから当然といえば当然だけども……。

しかも「離れたくない」「側にいたい」、更には「リアは俺の側にいたくないのか」などと詰められてしまうと……陥落必至だ。

ということで、アメリアは交渉に交渉を重ね、住むのは城、仕事部屋として小屋を使う、という折衷案をレアンドルに認めさせた。

「二拠点生活」というには語弊があるが、この小屋はアメリアのお気に入りの空間で、もはやなくてはならない場所なのだ。

「一人になる場所も必要ですよ」

「まぁ分かりますけど。でも城にだって奥様の執務室みたいなものがあるんじゃないですか？」

「広すぎて豪華すぎて……。ぶっちゃけこの狭さが落ち着くんですよね～」

「だそうですよ、辺境伯様」

「なるべく俺のいる時は城にいてほしい」

「⁉」

振り向くと、いつの間にか仏頂面の夫が立っていた。

⁉　気配が……⁉

「レアン様……でも、ここだって城内じゃないですか」

「屁理屈だ」

「じゃあ、私がここに来た時は、今日のようにレアン様が迎えに来て下さい。それで城までお散歩して帰りましょ？　ね？」

「……分かった」

よし！　言質は取った！

「ふふっ、ふふふふふ！　奥様、辺境伯様の操作がうまくなりましたね」

「操作とは何だ。俺は操られてなどいない」

「はいはい。そういうことにしときましょうかね」

そんな冗談めかしたバイオレットの態度に渋面になりつつ、レアンドルがこちらに向き直る。

「リア、話したいことがある。城に戻れるか？」

「打ち合わせは終わっているので大丈夫ですよ」

バイオレットに視線を送ると、心得たようにニコリと笑い、帰り支度を始めた。

「ではまた。辺境伯様、奥様、失礼いたします」

「はい、また～」

綺麗な一礼をして去っていこうとするバイオレットを、ローガンがうずうずと見ている。それに気付いたレアンドルが一つため息を吐いた。

「……バイオレット嬢、門までローガンに送らせよう」

「そうですか？　お気遣いありがとうございます」

平然としているバイオレットとは対照的に、慌てたのはローガンだ。

「だ、旦那様。奥様の護衛がいなくなりますので私は……」

「私と私の護衛がいるので大丈夫だろう。それに遠くに騎士は数名いる。別にお前一人ではないし、どちらにしろバイオレット嬢一人で城内を歩かせるわけにはいかん」

「っ、……分かりました。で、ではバイオレット嬢、行きましょう」

「？　はい。騎士様、よろしくお願いします」

連れだって歩いていく二人の後ろ姿を、アメリアはほくほくと眺めていた。

＊＊＊

――それから三か月後。

何故か、アメリアはドレスを着て教会にいた。

「リア……綺麗だ」

「はぁ、ありがとうございます……？」

教会の控え室。うっとりするレアンドルに対して、アメリアはぐったりと項垂れ、この怒濤の三か月を反芻していた。


過日。

ほくほくと担当編集と騎士が去っていくのを見送ったアメリアは、レアンドルの私室を訪れた。

私室は、夫婦の寝室を挟んで両隣にレアンドルの部屋とアメリアの部屋があり、三部屋は中の扉で繋がっているというロマンス小説でよく見るアレだ。

本城に住むようになって隣の寝室は毎晩使うけれど、レアンドルの私室に入ることはそう多くはない。デュボアらしくというかレアンドルらしくというか、並んでいる家具はどれも歴史の重みを感じさせ、アメリアの好みだ。
四、五人は座れそうな大きなソファに二人並んで腰を下ろすと、夫はおもむろに口を開いた。
「結婚式を、しようと思うのだが」

「は？」

クレマンが二人の紅茶を給仕し終え、隅にひっそり……体が大きいのでひっそりは無理だが、とりあえず控えている。

「結婚式、ですか」

アメリアは目をぱちくりとさせ、温かい紅茶を口に運ぶ。

クレマンが騎士団の副団長を辞め、家令となってから練習したという紅茶の淹れ方は完璧で大変美味しい。アメリアもガーランド家にいた頃、安い紅茶を工夫して家族に出していたことから、クレマンと紅茶の美味しい淹れ方談義に花が咲いたのは最近のことだ。

それはさておき。

籍を入れて丸三年。結婚式なんて突然どうしたのだろう。

今まで何の問題もなかったわけだし、特にしなくてもいい気がするが。アメリアが気付いていないだけで何か差し障りがあるのだろうか。

「しないと問題があるのですか？」

「……いや、そうではないが」

「じゃあ、今更無理にしなくてもいいのではないですか？　お金と時間がかかって面倒なだけ……」

と馬鹿正直に口走って、ハタと止まる。目の前の夫は今にも倒れそうなほど顔色を悪くしていた。

も、もしや……。

「……レ、レアン様はしたいのですか？　結婚式」

黒い瞳がチラチラとこちらを窺い、コクンと頷く。

コクンて！　鬼神の如く野盗団を殲滅したとは思えないほど我が夫は可愛らしい。

「リアが今更と思うのも無理はない。本来なら君が来てすぐに式を挙げるべきところを、俺は君を数年にわたり放っておいたあげく虐げて……」

「あぁぁー！　そういうのはもうお腹いっぱいですー！」

反省大会が始まってしまった。慌てて止めると、振っていた手を取られ、ちゅ、と口づけられる。

「っ、」

「だから……けじめというか、ちゃんとリアと夫婦になったと広く知らしめたいのだ……早急に」

長い睫毛に縁取られた黒曜石が上目遣いにアメリアを映す。そ、その上目遣いズルい……！

「早急とはどのくらい……」

「三か月後だ」

「そ、それは本当に早急……デスネ」

語尾が片言になってしまったのは致し方ないだろう。前世の現代日本であっても、少なくとも半年くらい前から準備をするものではないか？

「大丈夫だ。準備は進んでいる。ドレスも制作中だ」

「いつの間に……」

どうりで誘拐事件の後、体調が戻ってすぐに謎の採寸があったはずだよ。

「三か月後なんて、招待客の皆さんも大変なんじゃ……」

「三か月前に招待状を出してある」

準備万端だな⁉

ドレスといい、招待状といい、アメリアが許可を出さずとも開催は決定しているじゃないか。て

いうか、三か月前なんてまだ「レック」と会ったばかりで、レアンドルのことなんて意識すらして
なかったと思うのだが。どうして結婚式なんて考えに……。

「ジェラルドが来ると言って聞かないのでな。あいつ来年の春から半年ほど公務で国を離れるらしく、式に出るならこのタイミングしかないとうるさいんだ」

「ジェラルド」――それは、末端貴族のアメリアでも知っている王太子の名だ。レアンドルと友人であることを聞いてはいるが……それにしても呼び捨て！　しかも「あいつ」！　しかも「うるさい」って！　もう混乱しすぎて頭が爆発しそう。

「リアは何も気にしなくていい。準備は全てこちらでやる」

王太子が来る式を「何も気にしなくていい」わけはない。

色々言いたいことはあるけれど、混乱している内にレアンドルはクレマンと何やら打ち合わせを始めてしまった。

「ドレスの進捗は……分かった。宝石類は確認してあるな？　母上の……うん、それだ」

「母上……？」

レアンドルの両親は数年前に亡くなったと聞いている。

若干二十歳でこの辺境伯領を背負ったレアンドルは、どれだけ大変だったろう。

――「若くして辺境伯などという地位に就いてしまったから、まだまだ至らぬ点が多くある……らしいですよ」

その苦労は「レック」の時に漏らしていた言葉からも窺えた。正体を偽っていたのはどうかと思

うが、「レアンドル」からは聞けない弱音、いや、本音が聞けたかと思うと、あの時間も良かったのかもしれない。

「お義母様、ですか？」

「あぁ、母の……形見になってしまうが、披露宴のドレスに合わせる宝飾品はそれを使う手もあると確認していて」

「本当は奥様用に全てを新しく揃えたいとボヤいてましたよ」

「っ！　クレマン！」

クレマンの暴露にレアンドルは声を上げるが、当の家令はどこ吹く風だ。そんなやり取りにも彼らの付き合いの長さを感じる。

「レアン様だったら私に許可なんか取らずバンバン買っちゃいそうなのに、どうしたんですか」

アメリアの了承などお構いなしに式が不可避になってしまったこともあり、少し嫌みったらしくなってしまったのは許してほしい。

「いや、リアはあまり宝石を欲しがらないので、興味がないのかと思ってな……。要らないものを押し付けると、また機嫌を損ねてしまいそうで……」

「また」というのは。

例の採寸があってからしばらくして、アメリアの私室に大量のドレスが届いたのは、つい先日のことだ。

確かに、本城に住むのに今までのワンピースはどうかと思ったので採寸は受け入れたが、アメリアが想像していたのは生活着であって、次々と運び込まれるドレスに仰天し、レアンドルにクレームを入れたのだ。

その時のことを思い返してか、夫はシューンと大きな体を一回りも二回りも小さくしている。

何だろう、この大型犬を躾けているカンジ。

アメリアのカップに紅茶のお代わりを注いでいるクレマンは、笑いを堪えて口元をヒクヒクさせつつ口を開いた。

「……奥様、領主として経済を回す意味でもお金を使うのは悪いことではありません。もちろん浪費しろというわけではありませんが、ここぞという時に使われるのは良いのではないかと」

「……」

またしても、ここの使用人は尤もらしいことを言って当主を庇う。そんなデュボアの人々に絆されてしまう自分も自分だけれど。

「まぁ……別に宝石に興味ないわけじゃなくて。今まであまりに縁がなかったというか、綺麗なものは普通に好きですよ」

「何!?　そうなのか!?」

「わぁ！」

大声を上げて立ち上がるレアンドルの長い足がテーブルに当たり、せっかくの紅茶がこぼれた。

しかし彼は何も気にすることなく、控えていたクレマンがさっさと拭いていく。これも日常ということか。

うずうずとこちらを窺っている夫を見るに、ものすごい「プレゼントしたい」オーラを感じる。勘だが。

「特に、必要はないですけど……」

「リア」

……圧。

「リアが嫌でないのなら全て新しいものを用意しよう」

「あ、あの！　せっかくお義母様のものがあるなら、私、お義母様にお会いできなかったですし、お義母様の形見を受け継ぐっていうか、お義母様のものを付けたいなって……」

もう「お義母様」連呼だ。ゴリ押しだ。

「だ、だから、私のものは、ひ、一つでいいです！」

「一つ……」

「一つでお願いします！」

目を逸らさず、レアンドルの黒い瞳をじっと見つめていると、ややあって、夫は根負けしたようにため息を吐いた。

「……分かった。君はそういうところは頑固だからな。ではどんなものがいい？　その一つにたくさんの宝石を付けよう」

「それは重そうデスネ」

色んな意味で。

「リア、君の望むものは全て贈りたい。何でも言ってくれ」

「……」

私の、望むもの――。

望むものは、既にレアンドルがもたらしてくれた。

素敵なスローライフ。美味しい食事。素晴らしい景色に、温かいデュボアの人たち。

そして、愛し愛してくれる男（ひと）――。

もうこれ以上は何も望むべくもない。全てレアンドルがアメリアにもたらしてくれた。

「……リア？」

アメリアを覗き込む黒い瞳が優しく揺れる。

「……指輪が、欲しいです。黒曜石の」

自然と、そう口に出ていた。

「指輪はいいにしても、黒曜石？　もっと色々あるだろう。ダイヤにルビー、サファイア、エメラルド。デュボアの鉱山は質のいいものが採れるぞ？　遠慮しなくていい」

「遠慮ではなくて……えぇと、その……」

「旦那様、奥様は旦那様の色を身に付けたいのでは？」

ク、クレマン！　そんなハッキリと！

「リア……そうなのか？」

恥ずかしくて顔を上げることができず、下を向いて頷く。

「旦那様、出版社のパーティーのドレスはあんなに黒に拘ったのに、今回はどうして気付かないのですか……」

クレマンは呆れ声だ。
ホ、ホントだよ！　察して！
「リア……」

熱を宿したトロリとしたバリトンがアメリアの耳を犯す。慌てて顔を上げると、目の前に夫の蕩けた顔が迫っていた。

「……っ！」

「……リア、嬉しい……。それは俺を求めてると自惚れていいのか？」

「自惚れなんて……」

「俺の妻は嬉しいことを言ってくれる」

そう耳元で囁かれると、ぞくぞくとした痺れが体中を駆け巡る。レアンドルの唇はそのままアメリアの耳に口づけ、おもむろに食んだ。

「んゃっ……！」

「ふ、真っ赤で……うまそうだ」

「やっ、ダメ、です！　レアン様……！」

クレマンがいるのに！

レアンドルは家令を追い出すように手をしっしっと振る。

「……旦那様、この後の執務は……」

「明日やる」

「……畏まりました。失礼いたします」

あぁ――――！　クレマン――――！

助けを求めて手を伸ばすも、クレマンはニコリと微笑んで、パタンと扉が無情にも閉まる。

「レ、レアン様！　お仕事は！　サボりはダメですよ！」

ぐぐぐ、と体重をかけてくる厚い胸板を何とか押し返す。

「子作りも領主の仕事だ。クレマンはずっと跡継ぎ跡継ぎとうるさかったからな。あいつに助けを求めても無駄だぞ？」

「ひっ⁉」

軽々と体を持ち上げられたアメリアは隣の寝室に連れ込まれる。

「レアッ……待っ……あぁぁっ……！」

もちろん待てなどできない夫は、アメリアの体をベッドに横たえるとすぐさま自身も覆い被さってくる。

アメリアの顔に濃い影が落ち、視界は逞しい体に埋め尽くされていった。


そして。

あれよあれよという間に三か月が過ぎ、とうとう結婚式当日がやってきた。

真冬であるにもかかわらず、相変わらず温かいデュボア領には今日も麗らかな日差しが降り注いでいる。

普段は滅多に貴族の来訪のない辺境に、招待客である貴族たちの馬車が詰めかけ、領境の砦は大騒ぎだ。庶民にも酒や食事が振る舞われ、デュボア領は各地で野盗団殲滅以来のお祭り騒ぎである。

式は辺境で一番大きく古い教会で行われる。

神秘的で厳かな、普段であればアメリアを大変喜ばせたであろう世界遺産的建物だが、正直、今はそれどころではない。

……だって。聞いて下さいよ、皆さん。

「「「奥様、お支度をお手伝いさせていただきます‼」」」

どこかで聞いた台詞。

朝早く叩き起こされたアメリアのもとへやって来たのは、いつぞやのパーティーと同じ面子(めんつ)だった。

おかしいと思ったのだ。出版社の従業員がアメリアの支度を手伝うなんて。その正体は、やはりデュボア家精鋭の侍女軍団であった。

「ウチの従業員です」て……嘘ではないけどさぁー！

あの時と同じ、いや、更に激しくアメリアは磨かれていく。今回は恐れていたコルセットも締められた。

艶のあるパールホワイトのウエディングドレスは、繊細なレースを幾重にも重ねたトレーンが長く後ろに連なっていて美しい。が、重い。

首元を彩るデュボア家に受け継がれてきたネックレスも大変豪奢だが、これがまた重い。

「〝身体強化(ストロングボディー)〟……」

始まる前から疲労困憊だ。

「リア、大丈夫か？　緊張することはない。今日の客など皆、取るに足らない者たちだ」

王太子をはじめ、国中の貴族が集まっているのに、そんなわけあるか。

どこから突っ込もうかと視線を上げると、心配そうにこちらを覗き込むレアンドルの姿が目に映り、アメリアはヒュッと息をのんだ。

「俺の服などどうでもいい」と言い張る夫の衣装は今日の今日まで教えてもらえなかった。だが、今、目の前にいるレアンドルは——。

ヤバい。むっちゃ格好いい……！

いつもの黒い軍服と違い、全身白を基調としたそれは騎士団の礼装だろうか。そこかしこに光る宝石はもちろん、それより目立つのは、胸に光る勲章、勲章、そして勲章。いったい幾つあるんだ。そして極めつきは、美麗な魔王感たっぷりの黒いマント！　かっこよ……!!　そんなもの翻されたら鼻血噴くわ……！

出版社のパーティーの時もレックの盛装にドキドキしたけれど、あれすら彼の魅力の半分ほどだった、とアメリアは悟るのだった。

式は厳かに、滞りなく進んだ。

本来、新郎は祭壇の前で新婦を待ち、新婦は父親と共にバージンロードを歩くのだが、ガーランドの実父は先の通りであるし、レアンドルの両親も他界されている。何よりこの結婚が既に三年も前に成立していることを考慮して、二人は並んで入場することにした。

聖堂へ入ると意外なほど人が少ない。

招待客はほとんどがこの後の披露宴に参加するので、式自体はシンプルにやるとのことだ。

アメリアの家族はアレであるし、知り合いもほとんどいない。列席者の数に偏りが出ないよう配慮してくれたのかもしれない。

アメリアの方の列席者はいったい誰がいるのだろうと見てみると、ガーランドの領地にいるはずの執事がおいおいと泣いていた。

「お、お、お嬢様……！　良かった……良かったですぅぅ！」

共にガーランド伯爵から仕事を押し付けられ書面などでは散々やり取りをしたけれど、アメリアに転生してから顔を合わせたことはないのでさほど感情は動かない。しかし、家族に虐げられ、独りぼっちで世を儚んだ……かもしれない元のアメリアを心配してくれていた存在が確かにいたのだと、心が温かくなる。

レアンドルが気を利かせて招待してくれたのだろう。チラと隣の夫を見やると、黒い瞳が優しく微笑んだ。

あとはバイオレットと出版社の局長がいたが、二人は真っ青でガチガチだった。そういえば「平民なのに何故私たちが⁉」と先日言っていたような気がする。列席者に関してアメリアは全く関与していない。レアンドルが良いと思って招待したのだから別に構わないのではなかろうか。

レアンドル側も思ったよりかなり少ない人数だ。

親戚と思われる数名のご年配夫婦に、クレマン夫妻（結婚していたのね）、数名の騎士、そして……。

「……ん？」

列席者の一番前に銀髪と緑髪の青年二人が座っている。

あの銀髪……いつぞやの新人騎士では……⁉

何故か、新人騎士が誰よりも前に、誰よりも豪奢な服でふんぞり返っている。

え⁉　何故⁉　いくらコネ入団のお偉いさんの御子息でもダメじゃない⁉

「ちっ……あいつ……」

隣からレアンドルの不穏な舌打ちが聞こえる。彼もコネ子息を快く思っていないのだ。そりゃそーか。

それにしても招待された者しか入れないはずの式に何故――なんていうアメリアの懸念は、アメリアの予想だにしない方向で、すぐに打ち砕かれることになるのだが、それは、この後すぐの話。

「やぁ、素晴らしい式だったね。二人ともお疲れ様」

結婚式を終え、披露宴会場である本城の大広間へ移動したところで、鷹揚に銀髪の騎士が話しかけてきた。

あの後、後ろの銀髪の騎士が気になって気になって、神父の言葉など一つも入ってこなかったし、何をしたかも朧気だ。ただ、レアンドルの誓いの口づけだけが深く、鮮明に脳裏に残って……んんっ、それはいいとして！

おいおい、この騎士フランクすぎるやろ！　それに、身分の低い者から高い者へ話しかけてはいけないというのは、社交オンチのアメリアでも知っている礼儀だ。

しかし、そんなマナーも知ってか知らずか銀髪の騎士は普通に話しかけてくる。

「アメリア嬢、先ほどのウエディングドレスも素敵だったが、瞳の色のドレスも素敵だね。若干、その黒の刺繍に狂気じみたものを感じるが」

式を終えてすぐ、待ち構えていた侍女軍団に着替えさせられたドレスは、アメリアの瞳と同じ新緑のような明るい緑色のものだ。裾やレースに黒の刺繍が入っており、以前着たアフタヌーンドレスを式典用にボリュームアップしたカンジだろうか。

確かに、この今にも這い上がって体中を征服されそうな黒い刺繍……。何も知らずに着ていたパーティーが懐かしい（遠い目）。

「狂気とはなんだ。そんなものではない」

「いやいやレアンドル……」

それにしても、やけに親し気だ。とうとう夫を名前で呼んでいるし、今は当主と部下でも、実は友人とか？

訝し気なアメリアに騎士は柔らかく微笑み、自然な動きでその華奢な手を取ろうとする。最近習ったばかりの礼儀作法だと気付き、アメリアは慌てて手の甲を差し出そうとした瞬間、レアンドルが間に割り込んできた。

「リア、そういうことはしなくていい」

「え、で、ですが、挨拶として男性には手の甲を出して、相手の男性はそこに口づけするふりをすると習ったんですけど……間違ってましたか？」

「間違っていない。だが、するな」

「??」

「ふっ、あははは！　レアンドル、他の男に触れさせたくないときちんと言わないと。アメリア嬢、この男の焼きもちだ。許してやってくれ」

そう言われた途端、レアンドルの顔がブワッと赤くなった。釣られてアメリアも顔が赤くなる。リアルに湯気が出そうな二人に、銀髪の騎士はまた「あはは！」と声を立てて笑った。

「いや〜これはこれは。三年も経っているというのにまるで新婚さんではないか。初々しいね君たち」

「ジェラルド！」

ん？　今、何と……？

もしかして、もしかしなくても「ジェラルド」と聞こえたのだが……。

「レ、レアン様……こここ、この方は……」

「ん？　あぁ、紹介が遅れてすまない。この銀髪の男はジェラルド・ストラティオン。俺の学友で……一応、この国の王太子だ」

「!!」

一応て！　い、いや、そんなことより、この方が王太子って——!!

目を剝いて銀髪の男を凝視すると、やはりニコリと微笑まれる。

確かにこのキラキラは一般の騎士ではあり得ない……のかもしれない。いや異世界だし!?　レアンドルは別格として騎士の皆さんも総じて格好よろしいから、そういうこともあるのかと思ってー！

ていうか、ままま、待って……!?　何故王太子サマがあんな小屋にやって来て、あんな適当なアイスやかき氷を食べ……いや待てよ？　実はそっくりさんでは？　そうだ、そうに違いない……！

「改めて、アメリア嬢、はじめまして、ではないかな？　『一応』王太子として会うのははじめましてだが、いつぞやは突然伺ったにもかかわらず素敵なおもてなしをどうもありがとう。あの白く美味な『アイスクリーム』なるものが忘れられなくてね。また今度御馳走してくれると嬉しいな」

あぁぁぁ……やっぱ本物だ——！　そりゃそうだけど——！

しかも紹介されなければ自国の王太子が分からないって貴族としてどうなんだ。いくら社交界デビューしていないといっても申し訳ない……。

「そ、その節は誠に申し訳ございませんでした。世間知らずなもので……多々失礼があったかと思いますがご容赦いただけますと……」

「ははは！　そう畏まらないでほしい。こちらも本当のことは明かさなかったし、お互い様ということにしよう。今回もまぁ、デュボアはこの国にとって大事な家であるから公務ともいえるが、第一にレアンドルの友として参列している。アメリア嬢にも私と友人になってもらいたい」

「……」

えぇぇ……？　何言ってんだ、この王太子。

どうしたもんかと隣の夫を見やると、夫はため息を吐き、仕方なさげに頷いた。頷かれてしまった。

「えー……えーと……よろしくお願いいたします……？」

「何それ～！　ジェラルドばっかりズルいズルい～！」

ひょっこりとジェラルドの後ろから顔を出した緑髪の男性は、男性としては小柄な可愛らしい印象で、丸眼鏡の奥で大きい瞳がキラキラと光っている。

「こんにちは～。僕はリュカ・トラントゥール。トラントゥール侯爵家の者でレアンドルとは同級生。今は王宮で魔術師やってます～」

「は、はじめまして！　アメリアと申します」

慌ててカーテシーを決めるアメリアの手をリュカも取ろうとしたが、やはりレアンドルに阻まれる。

それを見てケラケラと笑うリュカを見るに、アメリアへの挨拶をネタにして、レアンドルをからかいたいだけなのだろう。三人の仲の良さが窺えた。

「ふふふ。僕もはじめましてではないんだけどね～」

「え？」

「リュカには例の誘拐事件の時に協力してもらったのだ」

そう、しれっとレアンドルは宣う。

なんとこの緑の魔術師様は、命の恩人だった。そういうことは早く言ってほしい。

お礼とお詫びとで、ひたすら頭を下げると「無事で何よりだよ～」と可愛らしいお顔がフニャリと崩れる。

「リア、以前、魔法の勉強をしたいと言っていただろう。リュカに教えてもらうといい」

「へ、」

あの「集団謝罪事件」の後。場所を移動し話し合いの場を設けたのだが、レアンドルの「何か要望は」の詰め寄りは凄まじく、根負けしたアメリアが求めたのは「教育」だった。

実母が亡くなるまではきちんとした教育を受けていたものの、それも十歳までだった上に、中身が変わってしまったのもあって、正直うろ覚え。実際には使い物にならないだろう。

平民ならともかく辺境伯夫人として生きていくなら、そこはちゃんとやろうと一念発起。レアンドルも二つ返事ですぐさま教師を手配してくれ、アメリアの日常は一転、楽しくも慌ただしいものに様変わりした。

算学などは、ぶっちゃけこの世界のものより前世の知識の方が上であったため早々にお役御免となったが、歴史、地理などはそうもいかない。また、礼儀作法などは社交に直結するので、こうして早速役に立っている。

更に、音楽、絵画、果ては刺繍、ダンスなどもあって学びは果てしない。日々是精進。勉強は嫌いではないので、毎日楽しく学んでいる。

そして、もう一つ。教育の一環としてお願いしたのは、魔法の勉強だ。

ずっと何となく独学でやってきたが、〝身体強化〟でベンを突き飛ばし、やむを得なかったとはいえ人に危害を加えてしまった件はアメリアを猛省させた。

機会があれば一から学んでみたいと思っていたので、レアンドルにお願いしていたのだ。

「週一程度でリュカがデュボアに来るので、授業をしてもらうといい」

「え、え？　ですが、王宮魔術師様にそんなわざわざ」

「気にするな。リュカはずっとリアに会いたがっていたのでな」

「そうそう～。あんなにたくさんの種類の魔法を使えるとか珍しいなーと思って。授業がてらアメリア嬢の魔力を研究させてもらえたら嬉しいな」

「？　あんなにたくさん？　魔術師様は私の魔法を知っているのですか？」

「うん、ずっと見て……」

「うぅん！　ゴホゴホゴホ！　リア！　それはアレだ、俺がリュカに話したのだ！」

「？　そうなのですか」

アメリアを教えることによってリュカにも利があるなら良いけれど。

「こちらから出向かねばならないところを申し訳ありません。何でしたら、私が王宮に出向きますが」

「ダメだ！　あんな魔窟に純粋なリアが行ったら何に巻き込まれるか……！」

魔窟……。王宮とは……。しかも「純粋」とは言い様で、単に世間知らずなだけだ。

憤慨するレアンドルを王太子がどうどうと抑えている。

「魔窟とは大袈裟だがレアンドルの言い分も一理ある。私やリュカが動くことで邪推する者がいないとも限らない。横槍を入れられても面倒だし、ここで授業をした方が周りは何かと静かだと思うよ」

聞くと、「転移ゲート」なる魔道具があり、王都からすぐ来られるので大した負担でもないらしい。

なんやその便利道具。アメリアがここに来る際の半月にもわたる馬車移動は何だったのだろう……。そうボヤくと、〝転移〟は魔力を大量に必要とし、王族ならともかく、一介の貴族の私用ではほぼ使えないとのことだ。

「まぁ今は情勢が落ち着いてるし、王家も野盗団殲滅でデュボアには借りがあるからね。私が特別に許可したのさ」

「……それは、申し訳ありません……」

自分の授業如きで何だか大事になってしまった。

「リアが気にすることではない」

「そうそう～。僕も自由に研究したいから王宮は窮屈でさ。アメリア嬢が良ければ、ここの方が有難いっていうか～」

「お気遣いありがとうございます。ではよろしくお願いします、魔術師様」

「魔術師様じゃないよ。リュカだよ～」

「……リュカ、様。いえ、先生、とお呼びしても？」

「あははは！『先生』！　それもいいね～。新鮮！」

隣のレアンドルが苦々しい顔をしている。彼らは学生時代からの友人と聞いているが、彼らが友人となった経緯がありありと想像できるのは何故だろう。

「王太子殿下、そして先生。夫共々これからもよろしくお願いいたします。師匠として……もちろん、友人として」

精一杯のカーテシーを。心を込めて礼をとる。

「ふ、こちらこそ、よろしく頼むよ」

「うん！　よろしく～！」

タイミングを計ったように、会場に華やかな音楽が流れ出す。

「さぁ、ファーストダンスの時間だ。二人とも踊っておいで」

王太子の合図でザッと群衆が割れ、モーセの海割りのように二人の前に道ができた。

レアンドルの手を取り、ぽっかりと空間のあいた大広間の中央に進む。

今更だが、ダンスなんて大丈夫だろうか。披露宴は結婚式とは桁違いの招待客の多さで、皆がアメリアの一挙一動を見ている。こっちはガチの初心者なのだから大目に見てほしいところだけど、それとこれとは関係ない。きちんとやらなければデュボアに、レアンドルに迷惑がかかる。

「リア、練習通りやれば大丈夫だ」

「レ、レアン様……」

アメリアの緊張が伝わったのだろう。レアンドルはアメリアの震える手を優しく握り、体を引き寄せると耳元で囁いた。

「ち、近いです……！」

「ダンスとは体を密着させるものだ。練習しただろう」

そうだけど……！　別の意味で心臓がバクバクとうるさい。

「まだ恥ずかしいのか、我が妻は。これよりもっとすごいことをしているというのに」

「ちょちょちょちょちょー!!　こんな大勢の前でそんな！」

「聞こえるものか。聞き耳を立てているとしたら……そいつはとんだ無粋者だな」

「ひゃっ！」

ちゅ、と軽い口づけを一つ、妻の額に送ったレアンドルはゆっくりと動き出す。アメリアも慌ててその動きについていった。

「外野など気にするな。リアは俺だけ見ていればいい」

「！」

また、あの吸い込まれそうな漆黒の瞳。手が、腰が、触れている部分が熱い。

「先ほどの式ではジェラルドばかり気にしていて……寂しかった」

「……っ！　気付いていたのですか」

「当たり前だ。せっかくの結婚式だというのに他の男に気を取られて……。これは今晩お仕置きだな」

「だからそういうことは……！　んん――！」

腰の手を支えに後方へ背を反らされ、レアンドルの唇がアメリアのそれを塞ぐ。

会場にワアッという歓声が広まるも、真っ白になったアメリアの耳には何も届かなかった。


「……なんだ、あのバカップルは」

「ね～」

「聞こえるものか」と言っていたアメリアとレアンドルの会話は、ばっちりジェラルドとリュカの二人に聞かれていた。

「傍受防止の魔法でもかけてない限り、盗み聞きなんて風魔法でちょちょいのちょいだよ～……といっても、レアンドルは気付いてたみたいだけど？」

「こちらに悪意がないから見逃されたみたいだな。『無粋者』とやんわり釘を刺されてしまったけども」

「その割に惚気られた感はあるけどねぇ？」

そんなリュカの言葉にクスリと笑い、ジェラルドは広間の中央に目をやる。そこでは、今まさに新婚の二人がクルクルとワルツを踊っているところだ。

ダンスに慣れていないであろうアメリアを気遣いながら、とろりとした目で彼女を見つめるレアンドルに、こちらもくすぐったい気分になる。

そんな溺愛は流石に周りにも伝わるようで、群衆はひそひそと囁き始めた。

「リュカ」

「はーい。了解〜」

リュカが起こしたそよ風は、誰にも気付かれることなく群衆の間を駆け巡り、ジェラルドの耳にその囁きを届ける。

「……不仲というのは噂だったの？」

「あれはどう見ても、奥様を溺愛なさってるぞ」

「あの新聞記事見たか？　どうやらアメリア嬢は異母妹に陥れられていたらしい」

「リリー嬢のやり口は一部では有名だったがな。やっと親共々裁かれたか、というカンジでは？」

「ご覧になりまして？　あんなに王太子様たちと親しげに……。私もアメリア様とお近付きになった方がよろしいかしら」

「トラントゥール様もよ。なんでもアメリア様は魔力をお持ちで、次期魔術師長と名高いトラントゥール様に見込まれているとか」

「まぁ素敵ね！」

人々は口々に新たな噂話を広げていく。

「……勝手なもんだね」

自身も会話を聞いていたリュカがうんざりしたようにボヤく。

「ふ、人とはそういうものさ。だが、その分御しやすい」

ジェラルドが結婚式の最前列でふんぞり返り、披露宴で真っ先に二人に話しかけたのも計算の内だ。

レアンドルと友人なのは比較的有名な話ではあるが、王家として、より一層デュボアを重用すること、そして何より、その正妻アメリアとも王家は親しくしていくと、今日はアピールしに来たのだ。

「少しは『アイスクリーム』や『かき氷』のお礼になったかな」

「ズルいよ、ジェラルドばっかり〜。僕もあの氷菓食べたかったのに！」

ジェラルドがレアンドルに内緒でアメリアに会ったあの日、リュカも使い魔を通して様子を見ていたわけで。あれからずっと、この緑の魔術師の恨み言を聞いているジェラルドは、既に耳タコだ。

「そううるさく言うなリュカ。レアンドルを通してアメリア嬢にお願いしておいたから、今日この後振る舞われるはずだぞ、氷菓」

「え！　そうなの!?　楽しみ〜!!」

冬でも温暖なデュボアの気候は氷菓を楽しむのにぴったりだ。ドレスやタキシードを着こんでいる招待客たちの口をさぞ喜ばせることだろう。

そんなことを言っている間に、遠くで招待客からワアッと声が上がった。

「ほらリュカ、氷菓の給仕が始まったみたいだぞ」

「ホントだ！　僕貰ってくる！」

リュカは盛り上がる人の波に一目散にすっ飛んでいってしまった。どんだけだ。

とはいえ、この数か月、ことあるごとにアメリアの手作り氷菓の素晴らしさを語ってしまったジェラルドにも責任の一端はあるだろう。

カクテルグラスに少しずつ取り分けられたアイスクリームとかき氷を給仕たちが配っている。

その後ろの台には、大きいガラスの器にこんもりと盛られたアイスクリームと氷。溶けないよう冷却の魔道具で冷やされたそれらは、いかにも涼しげだ。シャンデリアの光に照らされたガラスの器はキラキラと光り輝き、とても美しい。

謎の機械で氷が削られ、瑞々しい果実のソースがかけられる様はパフォーマンスとして楽しく、招待客たちを喜ばせていた。

「ジェラルド！　君の分も貰ってきたよ～！」

嬉々として戻ってきたリュカからグラスを受け取り、久々のアイスクリームを口にした途端ジェラルドは仰天する。

「!!　何だこれは！　以前より美味くなっているじゃないか！」

「バージョンアップしたらしいよ～」

そういえば、材料さえあればもっと美味しくなるとアメリアが言っていた気がする。

「あの氷を削る機械見た～？　あれもアメリア嬢の発案なんだって。彼女、楽しいね～。僕ワクワクするよ」

こんなに楽しそうなリュカを見るのも久し振りだ。

見渡せば、招待客も皆、男も女も一様に心が浮き立ち高揚している。

「何だか、デュボアが楽しくなりそうだな」

「ホントだねー！」

しばらくは王都の社交界もこの披露宴のことで持ち切りだろう。語り草になりそうだ。

しかし、そんな状況を当の二人は知ってか知らずか。ファーストダンスが終わり、次の曲へ移っても尚、レアンドルとアメリアは手を取り合って踊っている。見つめ合うその姿は、もう二人の世界だ。

「ふっ、色々あったが……これで良かったのかもしれないな」

楽団の奏でる音楽がより華やかに鳴り響く。

その旋律はジェラルドの言葉を溶かし、未だ手を取り合うアメリアとレアンドルのもとへ流れていった。

＊＊＊

「あぁぁぁ、疲れた……！」

披露宴を終え、その夜。

侍女が部屋を出て遠ざかっていくのを確認して、アメリアはベッドにダイブした。

「もうダメ……もう寝る……」

「それは困るな」

夢の中へ旅立とうとしたその時、夫の私室と繋がる扉が開き、レアンドルが入ってきた。

「困る……？　何故です？」

「リア、今夜は初夜だ」

「しょ……」

いや、それこそ今更では。籍を入れて既に三年経っている上に、セッ……ふ、夫婦の営みなら、あの媚薬事件を皮切りに今まで散々したではないか。

今日はもうダメ。ノーと言える日本……ストラティオン人に私はなる！

一言もの申そうとのろのろ体を起こし、ベッドの端に腰かけた瞬間、レアンドルがおもむろにアメリアの足元へ跪いた。

「へ!?　レアン様!?」

「リア、これを」

そう言って、レアンドルは何やら手のひらサイズの小箱をパカリと開いてみせた。

「な、何ですか？」

「ご所望の指輪だ」

見ると、確かに箱の中央に黒い宝石の付いた指輪が鎮座している。黒の周りには緑色の宝石がグルリとあしらわれており、輪の部分にすら透明な石が輝いていて……お、思っていたよりだいぶ豪奢なそれにアメリアは血の気が引いた。

「黒曜石の周りはリアの瞳の色に似たエメラルド。脇石は全て透明度に拘ったダイヤモンドだ。この日に間に合わせたかったので急ごしらえだが……気に入ってもらえたか？」

「……」

急ごしらえ……。デュボアの宝石職人の皆さんをとんでもなく大変な目にあわせたであろうことを容易に想像できてしまい、頭がくらくらする。も、申し訳ない……。

「リア……」

すっとレアンドルの大きな手がアメリアの左手を包む。その骨張った感触にドキリとしていると優しく手を持ち上げられ薬指に指輪がはめられた。

「リア、愚かな俺にやり直しをさせてくれてありがとう。愛している。ずっと俺と共にいてほしい」

ひぃぃーー！　箱パコからの愛の告白……！

自分の小説では書いた……書いたけれども！　実際自分がやられると恥ずかしいことこの上ない……！

しかも、レアンドルがやる破壊力よ……！　下から指輪よりはるかに美しい黒い瞳がアメリアを見つめている。崩れそうになる理性をかき集めて平静を装うのも一苦労だ。

「……出版社のパーティーの時に、馬車の中で似たようなことをしてみたが、やはりリアの好みではないか？」

アメリアが何も言わないからだろう。レアンドルの伏せられた長い睫毛が震えた。

「君の小説の中のシーンを真似てみたのだが……。厳密には俺は騎士とは違うが、俺も騎士団に所属していたし、デュボア騎士団の長ではあるし……」

「い、いや、だから、フィクションと現実は違いますから！　騎士とか騎士じゃないとかそういうことではなくて……その、んっ！」

指輪のある薬指にレアンドルの薄く形の良い唇が押し付けられる。キスというにはねっとりと熱を持ったそれに、アメリアの腰が揺れた。

「ゃ、あ……」

「……そういうことではなく？　なんだ、リア」

「……レアン様、んっ……、意地悪、ですね」

「ふ、すまない。言葉が欲しくて、つい……。俺も幸せすぎて我儘になってしまったようだ」

「……」

無意識に、アメリアは空いている右手でレアンドルの頬を撫でた。野盗の討伐やらで野営も徹夜もお構いなしだっただろうに、その肌はすべすべだ。どうなってるんだろう。羨ましい。

「リ、リア？」

突然のことにレアンドルは目を丸くして驚いている。彼がこのような表情をするのも珍しい。いたずらが成功したような気分になって、アメリアはふふと口角を上げた。

「……指輪、嬉しいです。ありがとうございます」

「あ、あぁ。何だったら、もっと強請ってもいいんだぞ？」

「そうじゃなくて。これ、レアン様が石とかデザインとか考えてくれたんですよね？」

「まぁ……そうだな。あまり装飾の類いに詳しくないので、職人と商人に相談しながらだが……」

そうだろうな、とは思った。宝石宝石とやたらと物を贈りたがるレアンドルだけど、本人はそんなに装飾品に興味があるようには見えない。四苦八苦しながらデザインしてくれたのだろう。

「ふふ、そうして私のことを考えてくれている時間が嬉しいです」

「俺はいつもリアのことを考えている」

「お仕事中はダメですよ」

「執務中も考えている」

「仕事に集中して下さい」

「それとこれとは……、っ！」

右手を滑らせ、「黙って」と、レアンドルの唇に人差し指を押し当てる。薄い唇は少し乾いていて、ふにと煽情的に形を変えた。

「レアン様……好きです。私も、愛して、います」

「リ、ア……っ！」

愛の言葉を紡ぐのは元日本人にはハードルが高い。最後の方は片言のようにたどたどしくなってしまった。

それを誤魔化すように、自分から唇を重ねると、レアンドルの逞しい肩が揺れた。

ちゅ、ちゅ、と触れるだけのキスを繰り返す。レアンドルの熱い吐息に煽られて、あっという間にアメリアの体も熱を持ち始めた。

「……ん、ぁ」

「……リア、そんな声を出されたら……」

「あ、んぅ……！」

ぐっと口づけが深くなる。主導権はあっさり奪い返され、レアンドルの熱い舌がアメリアの唇の隙間をつつき、今にも侵入してきそうだ。

「はぁっ……リア、寝ると言いながら俺を煽るだけ煽って……君は、本当に『悪女』だ」

「あっ……！」

男の厚い体に押し倒される。ギシリとベッドの軋む音がいやに耳に響いた。

「ぁんっ！」

「愛していると、言ってくれて嬉しい……。君は恥ずかしがってあまり言葉にしないが、その分俺が何度でも言おう。リア、愛している……。ずっと、一生君だけだ……！」

今度こそ侵入してきた舌が、アメリアのそれを搦めとる。強引に口内を蹂躙されるかと思いきや、侵入者はアメリアの舌を柔らかくなぞるように這い、裏側の筋をツツ、と舐めると、ねとりと舌先を吸って離れていく。

「ん、ふぅ……」

気持ちがいい。

レアンドルとこうした行為をするまで、キスがこんなに気持ちのいいものだと知らなかった。レアンドルに触れられ、確実にアメリアの体は作り変えられていく。

それが嫌ではなく、体は喜びに震える。もっと、もっと触れてほしいと強請る。

無骨な手はアメリアの華奢な体のラインを辿り、夜着の上から二つの膨らみをやわやわと包んだ。

「リア……もう顔が蕩けているぞ？　可愛い……」

「あっ……やぁ……」

レアンドルは前に結ばれているリボンに指をかけると、早急に夜着を取り去ってしまった。骨張った指が乳房の丸みをなぞり、頂の周りをくるくるとなぞる。

「んっ、んっ、んんぅ……！」

「ここは、だいぶ赤くなったな。いやらしい色だ……」

ぷくりと蕾が勃ち上がる。する度にレアンドルが弄るので色が濃くなったとアメリア自身も分かっていたのに、それを指摘されると恥ずかしい。

「レアン様の、せい、なのに……！」

「ふ、そうだな……。俺が育てた、俺を誘う色だ」

「あっ、あぁっ……！」

何故か満足そうな夫の態度が解せない。しかし、霞む目で睨んでみるも束の間、男の指は勃ち上がりきった蕾を捏ね、弾いた。

「やっやぁっ……！　あぁん……！」

知らず知らず腰が揺れる。濡れて意味を成さなくなったショーツは剝ぎ取られ、太い指が溢れる蜜をすくい花芽に触れた瞬間、体が跳ねた。

「あぁっ……！」

同時に厚い舌が蕾を舐め、口に含む。快楽の濁流が押し寄せ、支配されたアメリアはレアンドルに縋りつくしかできない。

「あっ、あっ、やっ……もぅ、イク……！」

「リア、イッて……。気持ちよくなれ」

「んんぅっ……！」

散々ぬるぬると芽を捏ね繰り回していた指がツウと襞を下り、ツプリと蜜口に侵入した。

これまで何度肌を重ねただろう。既に男の指はアメリアの弱点を熟知していて、的確にその敏感な箇所を刺激してくるのだ。

「この、ざらざらした……リアが好きなところ、だろう？」

二本、三本と指を増やされ、親指はずっと花芽を弄んでいる。器用なことだ。

「はぁ……リアのナカ、俺の指をきゅうきゅうと締め付けて……。早く、リアのナカに入りたい……」

耳元でそう掠れたバリトンが囁くと一層ナカがぎゅうと収縮した。耳に当たる吐息が熱い。

再び薄い唇に双丘の頂をチュウと吸われたかと思うと、カリ、と甘噛みされた。

「ダ、メぇ……！　レアンさ……イッちゃ……、イク……！」

腰が浮き、ガクガクと震えた。飛んでいきそうな感覚に、ギュウとレアンドルにしがみつく。

「あぁ……んぅ……」

「リア、気持ちよさそうだったな……。最高に可愛い……」

「ん、」

流れる生理的な涙をレアンドルの唇が吸う。目尻、頬をちゅ、ちゅと下り、唇をふんわり食まれる。

太ももに触れる彼の欲望は熱くて硬くて。それを受け入れる喜びを既に知っている体は、浅ましく蜜を垂らした。

「ぁん……」

じゅぽ、と水音を立てて引き抜かれた男の指からは愛液が伝い落ち、ねとりと糸を引いていた。

アメリアは熱い吐息を吐きながら夫の名を呼ぶ。レアンドルは妻の要望を汲み取って頷いた。

「レアン様……」

「待て……、もっとほぐさなければ」

そう大きい体が下へ、アメリアの秘部へ移動しようとするのを、乱れたレアンドルのシャツを掴んで止める。

「リア?」

「……レアン、さま、もう……大丈夫……だから……」

「しかし……」

結婚式やら披露宴やら大抵のことは強引に推し進めてしまうくせに、レアンドルはアメリアが少しでも傷つくことにひどく臆病で慎重になる。

戸惑う男の背中に縋りつくも、鍛え抜かれたその背はゴツゴツと肩甲骨が浮き出てあまりに広く、アメリアの腕では届かない。それでも精一杯腕を伸ばし、ぎゅうと抱きしめる。

「レアンさまと、一つになりたい……」

——離れたくない。

「リ、ア……！」

——満たされたい。今すぐレアンドルでいっぱいになりたい。

「お、ねがいっ……宝石なんていらない……。レアンさま、が、欲しい……！」

「っ……！」

ざっと乱暴に男のシャツが脱ぎ捨てられる。トラウザーズを脱ぐのももどかし気に、レアンドルは前だけくつろげ熱い杭を取り出した。

「……っ！」

既に限界まで張り詰めたそれは先端から溢れ出している液体でぬらぬらと光り、亀頭が蜜口に押し当てられると、ぐちゅと、再び淫靡な水音が耳に響く。その質量と熱に一瞬逃げた腰も、男の大きな手に固定され逃げることは許されなかった。

「っ、あっ……」

「リア……君は、本当にっ……！　あぁもう、愛してる……！」

数度、蜜液を塗り込むように花襞を往復した先端が一気に最奥へ突き立てられた。

「ん――っっ！」

「く、ぅ……！」

レアンドルは何かを堪えるようにしばらく動かない。ややあって、アメリアのナカに彼が馴染んだ頃、はぁっと息を吐き、ゆるゆると腰を揺らし始めた。

「は、ぁ……、リア、君のナカは熱くて、キツくて……くそっ……！　ゆっくり大事に抱きたいのに、いつもいつも君は……！」

「あっ、あっ……レアン、さま……、目が……」

目の前で光る黒曜石の瞳。その奥に深紅が揺れている。

「目が……赤いのですが……ぁ、んんっ！」

少しかさついた皮の厚い指先がアメリアの胸の蕾をクニと捏ね、摘む。緩慢な痺れが下腹へ伝い、レアンドルをきゅう、と包み込んだ。

「あぁ……リア、気持ちいい……。目が、気になるか……？　デュボアの直系は興奮を覚えると色が変わる、らしい……。父もそうだったし、俺も戦っていた時はよく言われた」

デュボア独特の黒目黒髪と同じで、極東の王族が持っていた特徴なのだろう……などと言いながらも、抽挿は止まらない。襞を擦られ、出ていきそうなくらい腰を引いたかと思うと、ズンと奥を突かれる。

「あぁあっ……！　っ⁉」

レアンドルは繋がったまま、アメリアを抱き起こした。アメリアがレアンドルに跨（また）がるようになり、向かい合わせで密着してしまう。互いの肌は汗でしっとりと濡れて、求め合うように吸い付いた。

「んゃっ……！　深ぃ……！」

「あぁ……リアの奥も、俺に吸い付いてくる……」

動きは緩やかながらも、剛直は膣内をかき混ぜるように蜜壁を絶え間なく刺激する。

レアンドルに押し付ける形になった胸の膨らみは、谷間にピリと痕を残され、尖りきった蕾は再び男の熱い口内へ含まれた。

「やっ、やぁっ……！　ダメッ……ダ、メェ……！」

「ダメじゃないだろう？　腰が動いている……淫らで、綺麗だ……」

「やっ、んぅっ……！」

大きな赤い舌がベロリと首筋を舐め、窪んだ鎖骨の溝を丁寧に這う。首元へ辿り着いた唇は、噛みつくように強くじゅうっと口づけをした。

食べられてしまう。強く美しい、黒の獣に。

「レアンさまっ……やっ、気持ち、いぃ……また、きちゃ、ぅ……！」

「く、ぅ、俺、もっ……！」

「あぁっ……！」

レアンドルの両手に臀部を摑まれ、下から激しく揺すられる。重くて熱い塊をぐりぐりと子宮口に押し付けられると、ナカは収縮しレアンドルを搾り上げた。

「リア、リアッ……！」

「レアン、さまっ、んんぅ――――！」

レアンドルの余裕のない貪るようなキスにアメリアもかき立てられる。上唇を下唇を、食むように食らいつかれ、舌を絡め合う。

「レアンさまっ、好きっ……！　好き、です……！」

「リ、ア……！　俺もっ、愛してる……！」

ゾクゾクとピリピリが這い上がってくる。

「っ、あぁぁっ……‼」

「く、ぅ……！」

最奥をばちゅんと深く突かれ、視界が白に染まった。と同時に、アメリアのナカでレアンドルも弾け、熱いものが注がれる。それはドクドクと流れ、アメリアの腹の奥を満たした。

「まだ、出る……！」

ふんわりベッドに押し倒され、レアンドルが覆い被さってきた。大きな逞しい体は正直重いが、今はそれが嬉しい。男はぶるりと震え、腰をぐりぐりと押し付ける。

「は、ぁ……リア、動くな……全部飲んでくれ……っ」

「うぅ、ん……おく、でてる……あつぃ……」

視界が霞む。朝かけた〝身体強化〟が切れるのを感じる。

何度も重ねがけするのは良くないとレアンドルが言うので最近は一日一回にしているが、今日は重ねた方が良かったのでは……と思うも、思考は霞んでいった。

夢うつつに見上げると、夫の美麗な顔が事後の凄まじい色香を伴って自分を見つめている。

今更だが、格好いい。みんな知ってるけどもう一度言います。格好いい。その上、優しくて、強くて、時折可愛い。面倒くさがりで迂闊な一面もあるけど、それでも。

私は、レアン様と出会えて良かった。

「……レアンさま……」

重だるい両手を持ち上げレアンドルの頬を包む。夫はその華奢な手に誘われるがままアメリアに顔を近づけてきた。

「……ん、」

「リア……」

二人の唇が静かに重なる。

「……レアンさま……だいすき……」

「リア……！」

そうして、ふにゃりと笑ったアメリアはとうとう意識を手放したのだった。

「く――」

「……は……？」

夫は自分の下でくぅくぅと寝息を立てる妻に呆然とする。

「自分から口づけをしておいて……！　この『悪女』め……！」

そうボヤくも、あどけない表情で眠る妻に愛しさしか湧き上がらない。

自分の欲望は無視することとして……、仕方なくレアンドルは愛しの妻を抱きしめ、そのまま幸せな眠りについた。

最終章　手、繋ぎますか？

「リア、迎えに来た」

いつもの小屋のテラスにて。

いつものように執筆していたアメリアが顔を上げると、相も変わらずの仏頂面の夫が立っていた。

背には夕日が差し、後光が差しているようにも見える。ありがたやありがたや。

「レアン様、もうそんな時間なんですね」

「テラスの使い心地はどうだ？」

「とてもいいですよ。ありがとうございます」

小屋での生活をかけた舌戦で引き分けたレアンドルは、それならと今の小屋を取り壊し、新しい小屋を建てようと計画した。

良かれと思ってのことだと分かってはいるが、アメリアとしては「せっかく長い時間をかけて心地よく過ごせるよう整えたのに」と思うわけで。そう訴えると、また舌戦となり、再び折衷案——テラスを増築する、という案で決着が付いたのが先日の話。

結局のところ、結婚とは他人と他人の結びつきで、違う人間が生活するということは、こういった「折衷」の連続なのかもしれない。

「日差しが暖かくて眠ってしまいそうです」

アメリアが笑うと、夫の表情もふわりと和らぐ。

「迎えに来て下さい」と以前言った通り、レアンドルはこうして時折小屋まで迎えに来てくれるようになった。

とはいっても、大人なので迎えなどなくても時間が来ればアメリアはきちんと城へ帰るわけで。

こうしてわざわざ城の端まで多忙な夫を来させてしまうのも申し訳ないと思い、一度断ろうとしたのだが、またしても冷気が吹き荒れてしまい、アメリアは色々と断念した。

レアンドル自身は魔力がないと聞いているけれど、この冷気は何なのだろう。実は氷の魔法使いなのでは？　そう、この間リュカに聞いてみたところ、ケラケラと笑われてしまった。

リュカ曰く。

「……まぁ、レアンドルほどの武人が発する圧は、周囲の気温くらいなら下げてしまうのかもしれないね～」

だそうだ。

それ魔法よりすごいのでは……。

そんな、とんでもない武人である夫の手が、うずうずと空中を彷徨っている。

「……レアン様、手、繋ぎますか？」

「……あぁ」

アメリアの方から手を繋ぐと、無骨な手がキュと握り返してくる。どうやら手を繋ぎたかったようだ。我が夫ながら、可愛らしい。

他愛もない話をしながら手を繋いで散歩をするのが最近の二人の日常だ。

多忙な夫の時間を云々と言いつつ、結局アメリアにとっても、この時間がかけがえのないものとなっているのは、夫には秘密だけれど。

「今日の夕食は、アメリアの好きな白身魚のムニエルだと料理長が言っていた」

「わぁ！　楽しみです！」

本城で食事をするようになってアメリアの食生活は格段に向上した。

素人料理でも相当美味しかったデュボアの食材だが、それがプロの料理人の手にかかるとそれこそ魔法のように素晴らしい料理の数々となって日々アメリアを喜ばせている。

「肉だけでも特に不満はなかったが、食べてみると魚も美味だな」

「ですよね～。良かったです」

血気盛んな騎士団など、男性だらけの環境では必然的に肉の需要が高かったのだろう。

畜産も盛んなデュボア領はもちろん肉料理も美味しい。アメリアとてお肉は大好きであるし、本城の献立に何の不満もなかったのだが、ある時ふと、「魚はないのかな……」と呟いてしまったのが運のつき。瞬く間にレアンドルと料理長の耳に入ってしまい、やれ「デュボア領の漁獲量はどうなっている」、やれ「足りないなら他領から取り寄せろ」と大騒ぎになってしまい、アメリアは頭を抱えた。

正直、他意はなかったのだ。王都で暮らしていた時も魚は見たことがなかったので、「この世界に」魚はないのかな？　と口から出てしまっただけのことで。

結局、デュボア領の北西にある小さい村が海に面していて、漁業を生業としていることが分かり、そこから取り寄せた。

細々と近隣だけで生計を立てていた漁師たちに、突然、顔も見たことのない雲の上の存在である領主から依頼が入ったのだ。小さい漁村が大騒ぎとなったのは、ここだけの話。

「もしかして魚は珍しいのですか？」

「いや、そんなことはない。デュボアは海に面している地域が少ないのでそこまで流通していないが、広い港湾や漁港を持って海運業や漁業で栄えている領もある。ただ魚介類は流通が難しくてな。大量に運ぼうとすると輸送費が莫大にかかるから、王都など内陸で手に入れようとすると、かなり高価だ。王族や富裕層の貴族くらいしか食せないかもしれん」

「……なるほど」

以前、銀色の騎士――王太子ジェラルドが言っていた「氷は高価」と通ずる話なのかもしれない。そんな肉料理ばかりだったデュボアの料理長は、魚のレパートリーが三つしかないと嘆いているらしい。

三つとは、ムニエル、ポワレ、トマト煮だろう。どれも絶品だったけれど、確かにこの三つしか食卓に上がっていない。腕は確かなので学べば何でも作れると思うのだが……。

ということで。今度煮付けや味噌煮のレシピを教えようとアメリアは画策している。あまりお目にかからないが、醤油や味噌がこの世界にあることを実は突き止めてあるのだ。楽しみ！

「ふ、リアがそんなに魚介が好きなら、今度港町に旅行に行くのもいいいな」

「よろしいのですか!?」

「もちろん。情勢は落ち着いているし、今すぐは無理だが、新婚旅行というのも悪くない」

「シンコン……？」

三年も経ってまたまた何を言っているのだろう……。

固まるアメリアに夫はとろりと微笑む。うぉぉ……その笑顔、破壊力が……！

しかし、アメリアの外出といえば、結婚式の教会は置いておくとして、あの出版社のパーティーが最初で最後。この領都すらきちんと散策したことはない。

せっかく異世界に転生したのだ。新婚云々はさておき、色々見て回りたい。

「楽しみです」

「そうだな」

この世界はどうなっているのだろう。たくさんの世界遺産のような建物や自然があるのだろうか。醤油や味噌があるということは、アジアのような国もあるのだろうか。

狭かったアメリアの世界が、こうしてまたレアンドルによって広がっていく。ワクワクのようなドキドキのような、高揚感で心がパンクしそうだ。

「レアン様、大好き」

「っ！」

繋がれた手に力がこもり、強く引っ張られる。

「⁉　レアン様？」

本城に到着するやいなや、すぐさま寝室に引きずり込まれた。

「レアン様っ、せっかくのムニエルは……⁉」

「後で温め直すよう言いつけておく」

「そういうことではなく……⁉」

アメリア・デュボア、二十二歳。

自分の不用意な発言を後悔するも後の祭りであった——。

＊＊＊

「魔力量が増えているね」

緑髪の魔術師はそう呟く。

「本当ですか、先生」

「うん。少しだけど」

麗らかな陽の光が暖かい午後。アメリアは魔法の講義を受けていた。

デュボア城の庭園にある大理石でできた豪奢なガゼボに、揃いの大理石でできたテーブルセット。

リュカが所望したアイスティーが用意され、さながら優雅なお茶会の様相を呈するここは、全く教室感がない。

「完全に使い切ると体が反応して容量を増やすみたい。そうやって魔力量を増やす人もいるけど僕はオススメしないな～。体に負荷がかかりすぎる」

「なるほど」

攫われた時に魔力切れしたことはさて置き、普段小屋でぶっ倒れるまで〝身体強化〟を重ねがけしていたのは言語道断のようだ。

「別にアメリア嬢は魔術師を目指してるわけじゃないし、そこまでしなくてもいいと思うよ」

「はい、先生」

「……リュカ、手を離せ」

またしても、いつの間にかレアンドルがやって来ていたようだ。いつものことだが気配が……。

「レアン様」

アメリアの魔力を「視る」ために両の手のひらをリュカと合わせていただけなのだけど。

リュカの目の前に剣が突き立てられ、テーブルが僅かにピシリと砕ける。わぁぁぁ！　大理石

――！

「ちょっとぉ～、ちゃんと合わせないと魔力が測れないんですけどぉ～！」

「お前、遠目でもリアの魔力量が分かっていたではないか」

「だいたいね～？　一応『先生』だからきちんと把握しないとさぁ」

「二人で会うことを許可した途端これか。もう許可しない」

「レアン様、二人じゃないです」

ローガンやチェルシー、ミアもいるから二人きりになることなどあり得ないし、だいたいリュカはレアンドルが連れてきたのに、許可って何だよ。

「きゅっ、休憩にしましょうかねー⁉」

雰囲気を変えるべく、チェルシーと夫の後ろに控えているクレマンに視線をビシビシ送ると、心得たとばかりに二人は動き出した。

仕方なしと剣を収めたレアンドルはアメリアの横に腰を下ろす。一方、給仕の二人が手際よく盛り付けていくアイスクリームにリュカの目は釘付けだ。そう、なんと今日は新作なのである。

「わぁアイスクリーム！　あれ、でも色が違う〜。茶色？」

「今日はチョコレートアイスにしてみました」

「え、あのお土産に渡したやつ⁉」

先日、王都で流行っているというチョコレートをリュカから貰い、この世界にチョコレートがあることを知った。早速、製菓材料として売っている板チョコのようなものを取り寄せ、チョコアイスを試作してみたのだ。

「まさかチョコレートもアイスになるとは……どれどれ、うまっ！」

リュカは感慨深げに呟くも、口へ運ぶスプーンは止まらない。あっという間に平らげ、満足そうにアイスティーをすすった。

「しかも冷たい紅茶と合う〜。最高〜」

「紅茶とチョコも合いますよね。私的にはコーヒーも合うと思いますけど……って、コーヒーあるのかな……」

「あるよ、珈琲。あの苦いやつでしょ～。一部愛好家はいるけど、あの苦さであんま流行らないよね～」

そうなのか。あの苦味がいいのに。

「砂糖を入れたり、ミルクで割ったりすると飲みやすくなりますよ。あとコーヒーも冷たくして飲めるので、生クリームやバニラアイスを浮かべたりとか」

ウインナーコーヒーやコーヒーフロートというやつだ。コーヒーの苦味が苦手な方も格段に飲みやすくなるだろう。

「なっ、何それ……超美味しそう……！　今度珈琲持ってくるから淹れてよ！」

「あはは、分かりました」

「味見は俺が先だ」

「はいはい、も～勝手にして～」

そんなリュカの呆れ声は、アイスティーの氷が鳴る涼し気な音に溶けていく。降り注ぐ陽の光がグラスや氷を照らし、ガゼボはキラキラと輝いていた。

「そういえば、ゴメンなんだけど、グラスとガラスの器、ちょっと融通してもらえないかな？　母上が気に入っちゃってさ」

「少量なら構わない。手配しておく」

「ありがとう～。助かる～」

「？　あの食器やコップはデュボアで生産していたのですか？」

てっきりどこかで調達してきたのだと思っていたので気にもしていなかったが、今のリュカの言を聞く限りデュボア産なのだろうか。

「いや……もっと軌道に乗ってからリアには話そうと思っていたのだが……まぁいい。デュボアがガーランド領を一時的に統治すると言っただろう？」

「はい」

聞くと。実はひと昔前、ガーランド領はガラスの加工やガラス細工を生業としていたらしい。

成形技術の高さから量産が難しく、あっという間に廃れたというが、ガーランドの執事が領都の屋敷の奥に眠っていた記録を見つけ、技術の復興をレアンドルに打診してきたのだという。

現在、デュボアの資金援助のもと、工房の建設や職人の育成を行っていて、なんと、先日の披露宴のガラスの器やグラスは、そうして作ったものをお披露目する意味もあったのだとか。

長らくガーランドの執務を担ってきたつもりだったけれど、そんな技術があったとは全く知らなかった。

「申し訳ありません……。自領のことなのに私は全く知らなくて……」

しゅんと肩を落としたアメリアの頭を大きい温かい手がポンポンと優しく叩く。

「あの老執事が子どもの頃にはもう技術は失われていたというから、リアが知らないのも無理はない」

執事自身も、幼い時分に祖父から聞いた話をうっすら覚えていただけで、もしやと探してみたら記録が出てきたらしい。

「それに、リアがガーランド領にいたのなんて子どもの頃の話だろう？　ずっと王都にいて、しかもあの父親では領の産業の話など出るものか。リアの責ではない」

「それはそうなんですけど……」

「そう落ち込むことないよ。だいたいさぁ、その執事さんがガラス技術を思い出したのだって、アメリア嬢がアイスや氷菓を作り出して、ガラスの食器が欲しいとか言ったのを小耳に挟んだからでしょ？　アメリア嬢のお手柄じゃん」

欲しいとは言っていない。あれば良かった、と言っただけで。結果、「レック」にいただいてしまったけれど。

――「実は前々から調査をしていてな」

先日のレアンドルの言葉が頭を過る。

どうやら、レアンドルはだいぶ前から、クレマンの調査をもとにガーランド家の悪事の証拠固めをしていたらしい。

「小耳に挟んだ」というリュカの言い方は語弊があるが、証拠集めをしている過程で、執事と何度も連絡を取っていて、ガラスの話もレアンドルが手紙に書いたという。

「執事はアメリアをだいぶ心配していたからな。安心するかと近況を伝えていたんだが、それがガーランド復興のきっかけになるとは思いもしなかった」

そう夫は柔らかく微笑んだ。

「リアに渡したグラスや器があっただろう？　あれがガーランド産、試作第一号だ」

「え、あれですか？　とても素敵で……試作には全然見えませんでした」

「あぁ、技術は確かだな。あれを見て資金援助を決めた」

山奥に眠っていた窯を掘り起こして、急ピッチで試作を始めたという。記録と老人たちの僅かな記憶を頼りに、領民が一丸となって取り組んだのだろう。ああでもない、こうでもないとガーランドの老いも若きも奮闘している姿が目に浮かび、温かい気持ちが湧き上がってくる。

大した産業もなく、領主の悪政により重税に苦しみ、年々領民の数を減らしていったガーランド。死んだような土地であったが、これで少しは領民に生きる希望が見えただろうか。

「注文やら商談やら、要請がたくさん来ていてな。正直まだ量産体制が整っていなくて、てんやわんやだ」

「アメリア嬢がアイスや氷菓を流行らせてガラスの需要が増えたからね〜」

「へ？」

流行らせた？　何だそれは？

新緑の瞳をきょとんと丸くするアメリアに、リュカは肩をすくめる。

「知らないの？　あの披露宴が話題になって社交界は大騒ぎだよ？　てかアメリア嬢、レシピ公開したでしょ！　も〜太っ腹なんだから〜」

確かに、披露宴のお土産としてアイスクリーム、そしてかき氷とアイスティーのレシピを渡した。

あれがどうやら流行の火種となってしまったようだ。

「で、ですが、デュボアならともかく、ここより北……特に王都なんか寒いですし、あんな冷たいもの流行りますか？」

「何言ってんの、貴族だよ？　家の中は温かいに決まってるでしょ」

「はぁ……」

ガーランドのような貧乏貴族はともかく、世のお貴族様は暖炉の前とかで食べているのだろうか。

前世の日本でも、冬に炬燵の中で食べるアイスは格別だったし、そういう感覚は万国共通なのだな。

レシピを持ち帰った貴族たちが家のシェフに作らせて……と、ここまではいいが、いかんせん器といえば陶器が基本。ガラス、特に透明なものは大変高価で、窓ガラスやステンドグラスは王族や貴族、教会の特権とされ、庶民は板戸窓が一般的なのだとアメリアは初めて聞いた。

もちろんガラス食器などを作っているところはほぼないらしい。そういえば誘拐された時にリリーが持っていたワイン瓶も陶器だったし、杯も赤黄色のような金属……黄銅、分かりやすく言えば真鍮だった。

リュカの母然り、貴族は流行に弱い。デュボアに問い合わせが押し寄せ、大騒ぎとなっているという。

「まぁ、手に入りにくいのも逆にいいんじゃない？　ブランド化っていうの？」

「「なるほど……」」

この場では誰よりリュカに商才がありそうだ。

「ガラスの原料はデュボアで採れるものばかりだ。運送費を差し引いても大きな利益になるだろう。職人はすぐ育つわけではないが、産業ができると雇用も生まれる。リアには感謝しかない」

材料をデュボアからガーランドに運ぶ運送業も儲かるし、大きい商団の長旅には護衛も必要だ。野盗団の討伐を終えたデュボアは騎士団の人員に余剰があり、騎士の新しい仕事として旅の護衛はうってつけだとレアンドルは言う。

「感謝なんて、そんな」

「しかも、今回の反響を受けてな、デュボア領の一部を行楽というか保養というか……そういった地を開発しようという意見が出ていてな」

「ほあ⁉」

行楽、保養……リゾートというやつだろうか。確かに、デュボアは一年を通じて温暖で気候もいいから最適かもしれない。

「あはは、この間まで野盗の脅威に晒されて貴族なんて滅多に寄り付かなかったのに。すごいねぇ～」

「貴族が訪れるようになると、それはそれで面倒事が増えるからな……一部だ一部。基本は農業、畜産、鉱業であることに変わりはない」

呑気なリュカに対してなんとも面倒くさそうにしているレアンドルであるが、この広大なデュボア領には持て余している土地もあるらしく、これを機に有効活用したいと代官から要望が出ているのだとか。

これ以上説明するのが億劫になったのか、レアンドルの視線を受けたクレマンが、控えていた後ろから一歩前に出て、あとの説明を引き受けた。

「一定量貴族の来訪があるのなら、保養地の周りに商店街を作り、商人を常駐させるのも良いと思うのです。飲食店はもちろん、デュボアの産業である宝石などを売れば、バンバン……ゴホン、失礼いたしました。大量にお金を落としていってくれそうだと計画しておりまして」

「バンバン」にクレマンの期待値の高さが窺える。

そういった収益はもちろんだが、先ほどの話同様、観光地も雇用をたくさん生む。

宿や商店街を作る建設業、商人、店員、宿の従業員に清掃員。貴族が来るなら、観光地を警備する騎士たちも必要だ。

ざっと考えただけでもこれだけ多くの仕事がある。雇用を生むのも領主の仕事。レアンドルは極めて優秀な領主なのだろう。

「うまくいくといいですねぇ」

他人事のようにボンヤリと思考を飛ばしていたアメリアに、レアンドルとクレマンは視線を寄越した。

「もし、リアに余裕があればで良いのだが……リアにもこの一件に協力してもらいたい」

「協力、ですか？　いったい何を……」

建築家や実業家でもあるまいし観光地を作るなんて無理だ。

そうアメリアが眉を下げると、クレマンが説明を続けた。

「人を呼ぶには、ここでしか経験できない何かを用意しなければならないでしょう。例えば、ここでしか食せないアイスクリーム、アイスティー。せっかく今、話題となっているなら利用しない手はありません。先ほどの珈琲の案も良いように思います」

「でも流行は流行ですよ。今は珍しがられても、素人仕事では貴族様たちを長く満足させられるかどうか……。私は貴族のこともあまり分かりませんし、そういった商才も……」

「そうでしょうか？　奥様は幅広い知識をお持ちだと旦那様から伺ってますよ」

「へ、」

クレマンが何を「伺った」のか分からず、ギギギと隣のレアンドルへ視線を向ける。そんなアメリアの動揺などお構いなしに、当の夫は鷹揚に口を開く。

「以前、『レック』の時にデュボア領に関する相談に乗ってもらったことがあっただろう？　あれがうまくいっていてな」

「？　相談、ですか？」

「代官からの収支・事業報告の件と鉱山の件だ」

「え、いや……」

まさか、あんなアドバイスとも言えないような雑談を形にしたというのだろうか。

夫と家令へ交互に視線を彷徨わすアメリアに、クレマンはクスリと微笑む。

「まずは報告書の件ですが。もちろん地域によって報告内容は様々ですから一様にというわけには参りませんでしたが、文官たちと相談した上で、それぞれに調整して書式を作りましたところ、報告漏れや記入ミスが減りまして、代官たちにも文官たちにも大変好評です」

最初の調整、書式作りこそ面倒で文官たちから不満も出たようだが、一度雛形を作ってしまえばあとは自分たちの仕事が楽になるのを実感したのだろう。なくなることのない事務仕事は、双方の負担を軽くするに越したことはない。

「続きまして鉱山ですが、抜本的に働き方を見直しました。鉱夫たちに聞き取り調査を行い、今まで全員一斉に稼働していたものを班に分け細分化。個人の労働時間を短縮し、希望者には賃金割り増しの上で夜勤を割り当てています。貨車は小型化し、燃料に必要な魔石が少なくなりました。その分台数を増やしたので、一日で方々に採掘に行けるようになりましたね」

聞くと、「大人数で狭い穴の中、長時間労働」。やはりこれが一番生産性を落としていたようだ。労働時間短縮でやる気を出した鉱夫たちは、一人一人の採掘量が格段に増えた。何より、労働環境を整えたことで鉱夫たちはある程度年齢がいっても辞めずに済みそうである。少しずつではあるが若者の成り手も増えてきたというし、労働者を使い潰すのではなく、長期で働くことのできる職場は、採掘業という産業としても未来が明るい。

「ふ、しかも聞いてみると、反りの合わない者も多くいたようで。その者たちを分けるにも班分けは良かったように思います。まぁ鉱夫というのは我が強い者も多いですからね。さもありなんですが」

そうクレマンは笑う。

結局のところ人間関係が大きいのはどこでも同じなのだろう。鉱夫たちの心の健康にも役に立ったのなら良かった、と言うべきか。

「……ですが、私は言っただけで、うまくいったのはレアン様や皆さんの努力の結果です」

「リアはそれでいい。調整し形にするのは我々の仕事だ。ダメならそう言うし、リアは自由に発言してくれればいいんだ」

レアンドルはうんうんと満足そうに頷いている。

あんな雑談程度でいいなら構いはしない……のだろうか。

「いいんじゃない？　あの氷を削る機械もアメリア嬢発案なんでしょ？　アメリア嬢のアイデアは何かワクワクするし！」

悩むアメリアにリュカはカラッと宣う。適当だ。

「奥様は計算能力も優れていると聞きました」

「え!?」

クレマンの言葉にアメリアはいよいよ顔が青くなる。

「見たことのない計算式を操っていたと」

「へぇ〜、何だか学園の教授たちが食いつきそうな話だねぇ」

リュカの口元がニヨニヨしている。やめてくれ！　ただ筆算しただけなのに！

困惑しているアメリアを慰めようとしてか、レアンドルの大きな手のひらが柔らかく艶めく金髪をポンポンと優しく叩いた。

「まぁ、まだ先の話だ。新婚旅行の後にでも考えてくれ」

「レアン様……。はい」

「新婚旅行!?　何それ、面白……んん、」

レアンドルに睨まれ、リュカが押し黙る。

「面白」って聞こえましたけど。我々の旅行は面白案件らしい。

「どこ行くの～？」

「まだ決まっていない。魚介が美味いところとは思っている。リアが……食べたいと言うのでな」

夫よ、そこで頬を赤くしないでほしい。リュカが堪えきれないとばかりにゲラゲラ笑い出した。

そんな主とその友人の様子にこっそり口端を上げながら、クレマンは抜かりなくアイスティーのお代わりを用意していく。

当初、冷えた紅茶の淹れ方など知らなかった御仁もアメリアに教えを請い、今ではアメリアより美味しく淹れるのだから、使用人の鑑だ。

クレマンは手早く給仕をしながら、ふと思案し、控えめに口を開いた。

「それならクラーク領などいかがですか？　ちょうどクラークから商談の話が来ておりますし、何より彼の地は広く海に面していて海の幸も豊富なはずです」

「なるほど。クラーク……確か男爵領か？　海軍が優秀だと聞いている。一度見てみたいと思っていたし、良いかもしれない」

クレマンの提案にレアンドルは深く頷いている。

「リアはどうだ？　どこか希望はあるか？」

「いえ、私は何も分かりませんので、レアン様にお任せします」

「では決まりだ」

クラーク領、どんなところだろう。出発までにきちんと勉強しておかなければ。

この世界の旅行、この世界の料理。何もかも楽しみだ。


『カ——』

青い空を仰ぐと、黒いカラスが旋回していた。澄みわたる青に一点の黒が何とも美しい。

「あ、カラスちゃん。久し振りだねぇ」

「まだいるのか、あいつ」

「まだってナニさ。だいたいレアンドルが……」

「ゴホゴホッ！　リュカ！」

「？」

『カァァーカァー』

不自然な夫の様子が気になりつつも、フワリと芝生に降り立ったカラスに興味は移ってしまう。

アイスは冷たいだろうと、ケーキスタンドに置かれたパウンドケーキをちぎって与えると、黒々とした美しい鳥は美味しそうに啄み始めた。

また小屋へも来てくれるだろうか。あのパンとスープを用意しておかねば。

「あの不思議な形のパン、美味しそうだったよね〜」

アメリアの思考を読んだように、リュカはのんびりと宣う。

「？　先生、パンのことなんて何故ご存じなのですか？」

「ん？　まぁ、ずっと見て……」

「うぅん！　ゴホゴホゴホ！　リア！　それはアレだ、俺がリュカに話したのだ！」

「？　そうなのですか」

さっきから何だかアヤしい。それに、以前も同じやり取りをしたような。

……アヤしい。とても。

最近やっと、アメリアは他人の魔法が見えるようになった。

王宮魔術師であるリュカに師事し訓練した賜物ではあるが、そうすると今まで見えなかったものが見えてくるのであって……。あの小屋の周りを包む緑の膜のようなものは何だろう、とか。今も、黒々としたカラスの中心にある緑の光は何だろう、とか、思うわけで。

まだまだ勉強中の身でも、これらの魔法に心当たりがないわけではない。

「……」

隣の黒曜石の瞳は、ゆらりと光が揺れ心配の色が浮かんでいる。

……まぁ、いいか。

ここで詰め寄ることもできるけれど、レアンドルにそれをする必要はない。

「リア……」

「レアン様」

安心させようと微笑んでみせる。

何でもかんでも真実を知ることが良いこととは思わない。

アメリアに対してだけなのか分からないが、レアンドルは嘘を吐くのが下手だ。リュカとのやり取りにしても、そしてガーランド家の皆の処遇にしても、何らかは隠されているのだろうな、と察している。

多分それは、アメリアを思ってのことなのだろう。だから、必要があればきっとレアンドルから話してくれる。

そう信じている。

『カーカー』

もっとくれ、とでも言っているのだろうか。今度は別の菓子を差し出すとカラスは満足そうに目を細める。

「なんか、ここが気に入ってるよね〜」

『カァァー』

リュカの声に呼応するように鳴くのは、カラスの中心にある緑の光が原因なのだろうか。

「……〝使役〟、やってみる?」

「シエキ？　とは何でしょうか」

「魔法の力で生き物を従わせることだよ。カラスなら小さいし、距離が離れなければ少ない魔力でいけるんじゃないかな。何よりこのカラス、アメリア嬢を気に入ってるみたいだしさ」

なるほど。緑の光の正体は〝使役〟という魔法らしい。カラスを通じてレアンドルやリュカが何をしてきたか何となく分かってしまった。

「リアにできるのか？」

「分からない。魔力が動けばできるってことだけど……。だいぶ順調に学んできたし、コントロールも良くなってきたから、試してみるのもいいんじゃない？　ちょっと待ってて」

リュカが手を翳(かざ)すと、キィン、と緑の魔法陣が浮かんだ。

勉強と称してデュボア騎士団の魔術師たちの魔法を見せてもらってはいるが、やはりリュカの魔法は別格に美しい。

カラスから緑の靄のようなものが出てきて、スルスルと魔法陣に吸い込まれていく。

「先生、これは何を？」

「んー？　まぁ準備、かな」

そう濁してはいるが、おそらくリュカの〝使役〟を解除しているのだろう。そうしなければアメリアの魔法が入らない。

「さ、拘束してあるから、今の内にどうぞ」

「ありがとうございます」

カラスは特に暴れることもなく、黒く美しい瞳でアメリアとリュカを交互に見てキョトンとしている。

「〝使役〟……」

立ち上がり両手を翳すポーズを取ってみるも、正直、イメージが湧かない。

相変わらず詠唱なしでは魔法が発動しないアメリアは、何と言って良いのかも分からない。そのまま「シエキ～」でいいのか？　何か違う気がする。

だいたい「魔法の力で生き物を従わせる」て。このカラスちゃんを従わせたいわけではない。

そうではなくて――。

「アメリア嬢、気が乗らないなら、しなくてもいいんだよ？」

「そうですね……えーと、〝使役〟ではなくて他にやってみたいことがあるんですけど、ちょっとどうなるか分からなくて……」

「僕がいるから何があっても大丈夫。やってみて？」

「……はい」

もう一度、両手に力を込めて魔力を集中させる。ややあって、手のひらが温かくなり金色に光る魔法陣が浮かんだ。

「〝友達（フレンド）〟」

キィィンと金色の光が黒い鳥の体を包む。

大丈夫だろうか。苦しくないだろうか。カラスの様子を知りたいけれど光が眩（まぶ）しくて見えない。

「せ、先生……」

「大丈夫だよ。カラスも気持ちよさそうにしてる。続けて？」

「はい！」

ありったけの魔力を注ぎ、アメリアは力尽きた。膝から崩れ落ちる華奢な体をレアンドルがすかさず支える。

「はぁっ、はぁっ」

「リア！　大丈夫か⁉」

「はいぃ……」

支えられながら、何とか椅子に座るも視界がグルグルする。最初はこちらが魔力を注ぎ込んでいたが、最後の方は吸い取られていくカンジだった。

カラスはぶるぶるしながら金色の光を吸収し続け、やがて全て取り込むとピタリと止まり、うっすら瞳を開いた。

「⁉　金色の目⁉」

リュカの驚いた声が響く。

「し、失敗ですか？　先生」

「いや、アメリア嬢の魔力は定着してる。でも〝使役〟では瞳、だけじゃないけど、目に見える変化は起こらない。〝フレンド〟ってどういう意味？」

「え、と、友達という意味で……『従わせる』っていうのがピンとこなかったので、普通に仲良くできたらいいなと思って……」

どういうことだろう。何か良くないことをしてしまっただろうか。

「カ、カラスちゃん……」

『ナニ？　アメリア』

「「「!?」」」

なんだ!?　誰か喋った!?

『ソレヨリ我ハ、アメリア、ノ、パン、食ベタイ』

「「「!?」」」

幻聴!?　片言だけどカラスが喋ってるように聞こえる……！

「せせせ先生……!?」

「喋るカラス……！　初めて見た……！」

「リュカでも見たことないのか？」

「ないよ！　こんな魔法初めて見たよ！」

クレマンをはじめ、この場にいる使用人たちも皆、目を丸くして固まっている。

どうしよう。変な生物を生み出してしまったかもしれない。

「カラスちゃん、体大丈夫？」

『大丈夫ダヨ。ムシロ、アメリアノ魔力ガ満チテテ気持チイイヨ』

「意思の疎通もできて会話が成り立ってる……！　恐るべし〝フレンド〟……！」

リュカはそう唸るも「これは他の人もできるの？　僕もやってみたい……いや、これはバレたら危険……」などとぶつぶつ呟きながら遠くの世界へ旅立ってしまった。

「……こうなるとリュカは当分戻ってこないだろうから、ほっとけ」

そんなレアンドルのにべもない台詞も、やはり緑の魔術師には届かない。

とりあえず、カラスに害がないようで良かった。色々考えることは山積みだが、こちとら魔力切れで頭が回らない。

「リア、とりあえず部屋に戻ろう。ベッドに横になるといい」

「はい……、ありがとうございますレアンさ……わぁぁ⁉」

当然のようにレアンドルに姫抱っこされてしまった。

「レアン様！　歩けます！」

「無理をするな」

温かい体温が近くなり心臓が高鳴る。

何度肌を重ねようが、未だ夫にドキドキしてしまう。いつか慣れる日など訪れるのだろうか――

永遠の課題だ。

城へ戻ろうとする二人の後ろをカラスがフワリとついて来る。

「カラス、鳥は城へは入れない。ついて来るな」

『ナンダ、オ前。エラソウダナ』

「当たり前だ。この城の城主で、リアの夫だからな！」

『知ッテル。レアンドル・デュボア。ダガ、我ハ、アメリアノ〝友達〟ダカラナ！』

「夫と友人、どちらが大事か明白だろう！　カラスのくせに生意気だな！」

『ナンダト⁉』

何故か言い争いが始まってしまった。二人……いや、一人と一羽の声が頭に響く。

これから賑やかな日々が始まりそうだ。

だが、今は——。

「うるさぁぁ——い‼」

アメリアの怒号がデュボアの青い青い早春の空に響き渡った。

フェアリーキス
NOW ON SALE
ある貴族令嬢の五度目の正直
藍野ナナカ
Nanaka Aino
Illustration comet

クレイン
Illustration 鈴ノ助
はねっかえり女帝は
転生して後宮に舞い戻る
～皇帝陛下、前世の私を引きずるのはやめてください！～
hanekkaeri jyotei wa
tensei shite
koukyu ni maimodoru
フェアリーキス
NOW
ON
SALE
かつての姉さん女房ですが、
今世は年下妻を目指します！
朱家のお転婆娘・美暁は、皇太子の妃選びのための後宮入りに立候補！　実は美暁の狙いは、皇太子の父で現帝の雪龍!?　美暁には、先の女帝であり雪龍の妻として生きた前世の記憶があった。前世の自分亡き後、皇帝として実直に国を支え続けた雪龍は現在三十五歳。その姿を一目見たいと後宮入りするも、いざ対面した彼は、今でも妻の死を引きずっていて……。譲位し自分は身を引くつもりのようですが、まだ人生終わってませんからね!?
フェアリーキス
ピュア
fairy kiss

Jパブリッシング　https://www.j-publishing.co.jp/fairykiss/　定価：1430円（税込）

初夜下剋上
shoya gekokujyo
Chikuwa
竹輪
Illustration
深山キリ
ぽっちゃり姫ですがイケメン副団長の夫と一夜で立場が逆転しました
夫の思い通りに痩せてなんてやらないんだから！
親にほぼ放置され食べることだけが生きがいという肥満体型の末っ子王女シャル。そんな彼女が国一番の美形騎士フレデリックと政略結婚することに。微塵も彼にときめかず形ばかりの夫婦になるかと思っていたが――「可愛い俺のシャル。あなたの裸体は完璧だ」初夜を境に夢中になって溺愛されてしまう。妻を崇め倒す彼のキャラ変ぶりにシャルは恥ずかしさで卒倒寸前。そんなある時、彼の恋人だと名乗る女性が赤子を連れて現れて!?
フェアリーキス
NOW ON SALE
フェアリーキスピンク
F
fairy kiss

冷遇されてますが、
生活魔法があるから大丈夫です

著者　秋季寸暇　© SUNKA SYUUKI

2024年4月5日　初版発行

発行人　藤居幸嗣

発行所　株式会社 J パブリッシング
〒102-0073　東京都千代田区九段北3-2-5 5F
TEL 03-3288-7907　FAX 03-3288-7880

製版所　株式会社サンシン企画

印刷所　中央精版印刷株式会社

ISBN：978-4-86669-659-1
Printed in JAPAN